LE CAPRICIEUX

Roman

Jean-Nicolas AURANGE

Copyright © 2017 – Jean-Nicolas Aurange

ISBN : 978-2-9560083-3-0

© Publication 2017

Edition : Jean-Nicolas Aurange - Yvelines

Achevé d'imprimer en novembre 2017

Dépôt légal : novembre 2017

« Les hommes se gouvernent plus par caprice que par raison. »
Blaise Pascal

« Celui qui croit ne dépendre de personne, dépend du hasard, le plus absolu comme le plus capricieux de tous les maîtres. »
Goswin de Stassart ;
Pensées et maximes (1780-1854)

LUNDI 4 JUILLET 2011, 17 H 30

PARIS

Comme tous les jours depuis trente deux ans, sauf les week-ends et à quatorze heures précises, Emile Notredame fit pivoter sa clé à l'intérieur de l'énorme cadenas fixé à l'extrémité de la chaine entourant les larges portes d'entrée. Celles-ci une fois ouvertes à deux battants, il orienta prestement vers un minuscule guichet les quelques rares visiteurs qui avaient patienté devant les grilles de son étrange musée. Aussi loin que remontaient ses souvenirs d'unique gardien, caissier, guide et conservateur de ce lieu fondé en 1835, il lui semblait qu'il n'y avait jamais eu plus de trois personnes en attente devant les portes du 15 rue de l'École de Médecine pour régler les modestes cinq euros du ticket d'entrée.

Les collègues d'Émile, tous gardiens des autres musées de la capitale, l'avaient surnommé Emile2b car Émile était, hélas, né borgne et boiteux. Mais malgré ces sévères infirmités qui le faisaient presque, la bosse exceptée, ressembler à Quasimodo lorsqu'on le voyait trottiner dans les galeries faiblement éclairées - incroyable et terrible coïncidence pour quelqu'un qui s'appelait Notredame - Émile ne se plaignait jamais, il semblait toujours de bonne humeur et

7

tout le monde respectait son fatalisme mais également son endurance et son abnégation. En effet, qui d'autre que lui serait parvenu à travailler aussi longtemps et aussi consciencieusement dans cet étrange lieu, un lieu qui plus est, presque totalement inconnu du grand public ?

Comme chaque année en janvier, Émile avait du produire les comptes des entrées pour la Direction des musées nationaux et l'an dernier les chiffres avaient, comme d'habitude, reflété la triste et cruelle réalité, ils indiquaient que moins de trois mille visiteurs avaient foulé en 2010 les larges allées du musée Dupuytren !

Mais en dépit de son peu de notoriété, Émile a fait de ce musée insolite, sa « chose ».

Émile a depuis toujours considéré que son musée était une « vraie curiosité » car, unique en son genre en France et peut-être même au monde, il traite des pathologies anatomiques, autrement dit, des graves malformations du corps considérées des siècles durant comme des « monstruosités ». Environ six mille pièces osseuses sont exposées dans les diverses salles allant du squelette complet aux crânes ou fragments d'ossatures représentant des lésions devenues aujourd'hui fort rares en Occident : des tuberculoses ostéo-articulaires, syphilis osseuses, cals vicieux, voisinent avec des tumeurs du squelette et des exemples difficiles à soutenir du regard, de rachitisme et de scoliose. Mais ce qui reste pour Émile l'attraction principale et qui semble toujours hypnotiser les rares visiteurs, réside dans une grande série de bocaux contenant une importante collection de fœtus immergés dans un fixateur spécial dont seuls les anciens laborantins avaient détenu le secret.

À ce sujet, le Père d'Émile lui avait raconté qu'avant guerre, lorsque Dupuytren était encore logé dans le réfectoire du Couvent des Cordeliers, on bizutait les carabins les plus naïfs de première année en les faisant pénétrer de nuit par effraction dans le musée puis en les forçant à se saouler avec le formol contenu dans les « bocaux à fœtus » !

Les visites terminées, ce soir là comme tous les autres jours, une fois les dix-sept coups sonnés à l'horloge de l'église Saint Sulpice, Émile entama de sa démarche chaloupée la traditionnelle et monotone ronde des gardiens de musée afin de vérifier que personne ne s'était attardé ou égaré dans le labyrinthe des nombreuses allées mais également pour contrôler que tout était bien à sa place.

Arrivé dans la section des pièces immergées, s'apprêtant à entamer la ligne droite de la troisième travée, son œil valide, le droit, dont la vision est de dix sur dix, lui fit instantanément déceler quelque chose d'insolite. S'étant alors approché du rayonnage qu'il avait jugé suspect, il demeura interdit :

Sur l'étagère qui lui faisait face, le fœtus habituellement contenu dans le bocal portant le numéro de fiche cent vingt sept, avait disparu !

Le temps était admirable en cette fin d'après-midi de juillet, les bateaux mouches bondés de touristes fendaient l'eau de la Seine dans un brouhaha de hauts parleurs qui, en désormais cinq langues - le mandarin était apparu l'an dernier- égrainaient mécaniquement la litanie des monuments qui défilaient les uns après les autres devant ces vacanciers étroitement serrés les uns contre les autres, tous sagement assis sur leurs petites banquettes jaunes ou bleues.

Du haut des quais qui surplombent le fleuve, ces juillettistes semblaient se fondre en une unique masse compacte et colorée dont on ne pouvait distinguer autre chose qu'une collection hétéroclites de chapeaux de soleil. On pouvait d'ailleurs, la plupart du temps, uniquement en examinant chaque couvre-chef, jouer à deviner le pays d'origine de celui ou de celle qu'il protégeait des rayons du soleil : quel propriétaire pour ce sombrero, ce panama, ce bob, ce chapeau tyrolien, cette casquette, ce stenson ? Les seules coiffures que l'on savait reconnaitre à tout coup se limitaient aux larges, très larges chapeaux, à la limite de l'ombrelle, des femmes japonaises craignant par-dessus tout les coups de soleil, car, posséder une peau la plus blanche possible reste encore de nos jours, pour celles-ci, un critère absolu de beauté.

Bien entendu les français, comme toujours les plus frondeurs, le plus souvent têtes nues, demeuraient hors concours !

Un début de soleil couchant produisait sur les clapots de la Seine, des enfilades d'images kaléidoscopiques où se reflétaient les façades des immeubles et des monuments surplombant le fleuve. Fixer durablement ce miroitement était, malgré la beauté du spectacle, difficilement supportable au regard des passants et finissait par provoquer, au bout de quelques instants, des effets d'éblouissements.

Le commissaire Jacques Pringent qui avait quitté son service à dix-huit heures était justement en train de vérifier ce fait en revenant d'une petite ballade le long des quais ; aveuglé par la réverbération, il venait à juste titre de considérer qu'il serait plus confortable s'il chaussait ses lunettes de soleil.

Quelques minutes plus tard, il sirotait comme presque chaque soir, son demi à la terrasse du Bonaparte, l'incontournable café situé à deux pas du commissariat du 6ème arrondissement où il sévissait.

Jacques Pringent, un grand gaillard athlétique, grosse tête de bouledogue qui disparaissait presque sous une masse de cheveux blonds frisés et petits yeux gris verts au regard perçant possédait par contraste une voix de violoncelle, douce, suave et toute en nuances musicales qui ressemblait à s'y méprendre à celle de l'acteur Gérard Depardieu. Cette caractéristique avait contribué à ce qu'au tout début de sa carrière on lui ait demandé de téléphoner à un collègue que la brigade souhaitait mettre en boite en se faisant passer pour le célèbre acteur sous le fallacieux prétexte que ce dernier venait par exemple d'être cambriolé. Bien entendu, au bout de quelques années plus personne à la brigade ne s'y laissait plus prendre si bien que la seule fois ou l'acteur s'était véritablement fait cambrioler, un énorme éclat de rire émanent du policier de garde avait été la seule réponse donnée à son appel téléphonique. Suite à cet incident qui s'était finalement bien terminé - le grand comédien, mis dans la confidence, était même venu amicalement boire un pot au commissariat avec Jacques et ses collègues-toute imitation de l'acteur était désormais proscrite à l'intérieur de la brigade.

Pringent ne mettait plus désormais en valeur les inflexions mélodieuses de son timbre de voix que lorsqu'il voulait déstabiliser un suspect lors d'un interrogatoire ou sur la scène du théâtre amateur de son quartier où il se produisait une ou deux fois par trimestre. Justement, dans dix jours, le quatorze juillet, il devait y tenir le rôle d'Alceste dans le Misanthrope de Molière, rôle qu'il affectionnait tout particulièrement et qui semblait, en tous les cas pour ceux qui le connaissaient, parfait pour lui, tous ayant souligné les affinités évidentes entre son allure bourrue et les traits de caractère du légendaire personnage que le grand Molière avait croqué dans sa pièce.

Pringent était ce soir-là un peu déprimé, cette semaine avait mal commencée, il avait occupé toute sa journée à interroger une bande de jeunes mineurs des pays de l'Est pris en flagrant délit de vol à la tire sur plusieurs couples de touristes japonais. Leur attitude, toujours la même face à la police était bien rodée : ils refusaient obstinément non seulement de laisser leurs empreintes digitales mais également de donner une quelconque indication sur leur éventuelle famille. Pringent avait donc été obligé, comme d'habitude, de les relâcher dans la nature étant persuadé qu'il les retrouverait sur son chemin demain ou après-demain, amenés au commissariat pour le même motif et que le même cirque se reproduirait : flagrant délit, interrogatoire et finalement remise en liberté...

Jacques Pringent est ce que l'on appelle communément « un bon flic ». Il avait toujours eu la vocation. Dès son enfance il aimait à jouer avec ses camarades aux gendarmes et aux voleurs à la seule condition que l'on accepte de lui octroyer toujours le rôle du gendarme. Il voulait viscéralement être du côté de la loi et avait donc, après des études sans histoires, tout naturellement atterri à l'école de police, puis franchi avec succès tous les échelons de sa profession, en y ayant avec lucidité sacrifié l'essentiel de sa vie privée. Il avait refusé à ce titre tout lien sentimental qui aurait pu entraver l'évolution de sa carrière et avait, à force de travail, réussi à être affecté dans le très recherché commissariat du 6ème arrondissement de Paris où il officiait depuis maintenant huit années comme commissaire de Police. Il savait qu'il ne lui restait plus maintenant qu'une année avant de passer Commissaire Divisionnaire, ce qui marquerait une étape supplémentaire, et non des moindres, à son ambition.

Au moment où il allait déguster la première gorgée de son deuxième demi de 1664, son portable se mit à vibrer. À l'autre bout du fil, le standardiste de permanence du commissariat le mit d'office en relation avec un interlocuteur qui s'avéra être le Directeur des musées parisiens, celui-ci l'informait d'un nouveau vol de fœtus constaté il y a un peu plus d'une heure par le gardien du musée Dupuytren...

Jacques Pringent jura, c'était la troisième fois en l'espace de douze mois qu'un ou plusieurs énergumènes dérobaient, pour on ne sait quelles obscures raisons, un fœtus dans cet improbable musée.

Après avoir avalé d'un trait puis réglé son demi, Jacques Pringent se dirigea sans plus attendre vers sa voiture garée à deux pas du café, juste devant le commissariat et fila à quelques centaines de mètres de là vers la rue de l'école de médecine dans l'idée de discuter, comme les autres fois, avec Emile Notredame, le pittoresque gardien qu'il avait ces derniers mois rencontré et interrogé déjà plusieurs fois.

Lorsque Pringent s'approcha, Emile Notredame lui semblât encore plus abattu que d'habitude, il l'attendait, apparemment perdu dans ses pensées, les bras ballants, assis sur un muret devant la grande grille du musée. Après que ce dernier l'eût rapidement salué tout en murmurant quelques mots visant à faire partager par le commissaire son incompréhension face à l'énigmatique situation à l'origine de leur rencontre, il le fit pénétrer dans le hall et le guida sans plus attendre vers l'étage, la travée et l'emplacement exact, face à la fiche numéro cent vingt-sept, du délit qu'il avait constaté plus tôt dans l'après-midi.

Le commissaire et le gardien, tous deux devant le grand bocal vide rempli de son liquide verdâtre qui faisait penser à un gros aquarium sans poissons, ne savaient quelle attitude prendre tellement tout cela leur paraissait invraisemblable. Ils avaient considéré le premier vol, en juillet dernier, comme une mauvaise plaisanterie de quelque étudiant ayant fait un pari fou avec des camarades et n'avaient pas poussé plus loin leurs investigations. Après le second vol, début janvier, Jacques Pringent avait quand même fait effectuer quelques recherches et interrogé longuement Émile et les voisins du musée, tout cela sans aucun résultat. L'enquête avait donc été rapidement classée sans suite, et ce, d'autant plus rapidement que Pringent avait imaginé par avance avec angoisse que si cette affaire était ébruitée, elle n'aurait pas manqué de faire s'esclaffer de rire tout le personnel du Commissariat et même celui du 36 Quai des Orfèvres....

Mais aujourd'hui, avec ce troisième vol, Pringent considérait que la plaisanterie avait assez duré.

Il fallait qu'il cherche, qu'il trouve et surtout qu'il comprenne, quel cerveau malade était à l'origine de ces vols invraisemblables, et pour lui, totalement inexplicables.

Comment toute cette horreur avait-elle pu se produire ?

Comment une vie aussi exceptionnelle que la sienne avait-elle pu basculer en si peu de temps ?

Il venait tout juste de comprendre, mais, hélas, il était trop tard désormais...

L'engrenage infernal qui l'avait conduit jusque là s'était mis en marche il y a tout juste dix jours, le 6 juillet dernier, exactement deux heures et demie après le défilé couture de Duccio...

MERCREDI 6 JUILLE 2011, 20 H

PARIS

Dernier passage, ultime silhouette, la mariée, enveloppée dans un nuage de mousseline blanche venait de clôturer, dans le roulement des applaudissements, le défilé de haute couture le plus couru de la saison. Duccio Carpi, le Directeur artistique, qui avait depuis vingt-cinq ans, régénéré et modernisé tous les codes de la griffe, avança comme en dansant de son petit pas timide sa minuscule silhouette sur les premiers mètres du podium, esquissa un signe de la main à deux ou trois de ses amies qu'il savait être assises au premier rang puis disparût « backstage » comme s'il avait été brutalement aspiré en arrière par un élastique géant.

Le triomphe avait été encore plus époustouflant qu'en janvier dernier où la presse, les acheteurs du monde entier, les clientes couture et les incontournables « people » qui occupent habituellement les si recherchées places centrales du premier rang, avaient été déplacés dans la Galerie des Glaces de Versailles, entièrement restaurée quatre ans plus tôt, pour applaudir, alors que la neige tombait à gros flocons à l'extérieur, aux soixante-cinq passages du défilé de la collection couture d'Eté 2011. À cette occasion, Duccio avait réussi à obtenir de la Fédération de la Couture qu'il puisse donner deux défilés le même jour : un pour les acheteurs et la presse l'après-midi et un, encore plus grandiose, à vingt et une heure, pour les clientes fortunées et le gratin de la presse mode mondiale.

Plus de dix mille bougies avaient éclairé les jardins et la partie haute de l'enfilade des soixante-treize mètres de la Grande Galerie qui avait été dévolue au défilé.

Duccio avait, pour ne pas dénaturer la féérie du spectacle, refusé tout flash pendant le show et celui-ci une fois terminé, un diner somptueux de deux cent cinquante couverts avait été donné dans le magique Salon de la Paix.

Le service y avait été assuré par plusieurs bataillons de valets habillés à la française et l'orchestre de chambre de Versailles avait accompagné les conversations des heureux convives en distillant les douces effluves des musiques de Lully, Couperin, Marin Marais et Frescobaldi.

Après le diner, et pour clôturer la féerie de cette soirée, tout le monde s'était retrouvé à nouveau dans la grande Galerie pour assister à un feu d'artifice de quinze minutes qui avait irisé de mille couleurs les contours du Grand Bassin, ce jour-là totalement recouvert de givre.

XXX

Duccio Carpi, dont la date de naissance reste, comme celle de son homologue de Chanel, Karl Lagerfeld, entourée de mystère, était, à la différence de ce dernier, un enfant de l'assistance publique. Il avait été placé très tôt, grâce à l'entremise du curé du village où ses parents l'avaient abandonné à sa naissance, dans une institution religieuse pour orphelins dans le région de Milan où il devait passer toute son enfance. Malgré une extrême timidité qui l'avait handicapé dans ses rapports avec ses professeurs et ses camarades, Duccio avait, tout au long de sa scolarité, obtenu d'excellents résultats dans la plupart des matières, mais celles dans lesquelles il excellait le plus se situaient dans le domaine artistique : musique, chant et par dessus tout le dessin. Dès l'âge de six ans, il avait pris l'habitude de croquer ses camarades de pension, si bien qu'années après années, ce qui n'était au début qu'une sorte de jeu, s'avéra s'être transmué en une véritable passion : tous ses moments de loisir étaient consacrés au dessin, son imagination étant en permanence excitée et aiguillonnée par une lecture fiévreuse des revues et romans mis à la disposition des élèves dans la bibliothèque du collège. A partir de ces stimuli, chose étrange pour un garçon qui n'avait jamais connu le monde du luxe et de la mode, il s'était mis en tête d'inventer, sans aucune hiérarchie, des collections de vêtements pour la plupart des héroïnes des grands classiques de la littérature ou du cinéma. Son esprit créatif toujours en ébullition, il avait dessiné des gardes robe imaginaires pour Scarlett O'Hara, Jane Eyre, Emma Bovary, Madame de Rénal, Margueritte Gautier, Anna Karénine, mais également pour Cosette, Esmeralda, Salammbô, Carmen, et avait rassemblé toute cette galerie de femmes célèbres dans un grand cahier où, sur la page de gauche, figurait le portrait, dessin ou illustration de l'héroïne en question accompagné de son repaire bibliographique et sur la page de droite un croquis de son *relooking* vu par Duccio.

Ses études secondaires allant se terminer, les représentants du conseil de son école, persuadés du talent de leur protégé, prirent le risque d'organiser le cahier en question en un grand recueil qu'ils reproduisirent en plusieurs exemplaires et qu'ils décidèrent d'envoyer, accompagné d'une lettre de motivation de Duccio, dans les meilleures écoles d'Art et de Dessin de l'époque, principalement en Italie, en Angleterre et en France. Ses maîtres espéraient fermement, au travers de cette initiative, que l'une d'entre elles y donnerait une suite favorable ce qui permettrait ainsi de trouver un débouché professionnel à celui qu'ils considéraient comme possédant un réel talent.

C'est la très ancienne et très reconnue Central School of Art and Design de Londres qui répondit la première, et accepta de rencontrer l'impétrant pour une éventuelle admission.

Ce dernier qui n'avait jamais quitté les faubourgs de Milan prit donc le train jusqu'à Calais, puis le ferry puis à nouveau le train pour se rendre dans le quartier de Kings Cross à Londres où était située la fameuse école. Il fût, le lendemain de son arrivée, tout tremblant et dans un anglais encore scolaire, auditionné par le jury d'admission qui l'interrogea plus sur ses motivations, ses goûts, ses sources d'inspiration et ses lectures que sur ses croquis qu'ils avaient déjà jugés être largement du niveau des élèves de l'école. Duccio qui pensait avoir balbutié ses réponses était demeuré pendant tout l'entretien tétanisé par l'angoisse. Celles-ci furent cependant considérées comme suffisamment en ligne avec les attentes de ses interlocuteurs pour qu'ils décident de l'accepter pour un cursus de trois années dans leur prestigieuse école. Les protecteurs milanais de Duccio furent d'autant plus satisfaits de cette admission que les frais de scolarité de cette école étaient, de notoriété publique, dérisoires, la Central School de Londres ayant depuis toujours opté pour la pratique d'une sélection par le talent plutôt que par l'argent.

Pendant ses trois années d'étude pendant lesquelles il travaillât d'arrache pieds, Duccio réussit à se singulariser dans deux domaines : tout d'abord il devint pratiquement bilingue en anglais et réussit également à s'exprimer dans un français tout à fait acceptable, mais surtout il développa un talent spécifique issu de son extrême sensibilité, qui, allié à sa timidité maladive, lui avait fait acquérir un sens de l'observation et d'écoute tout à fait particulier.

Ce don lui permettait presque à coup sur de déceler instantanément chez celui ou celle qu'il observait ou qu'il écoutait un ou plusieurs traits saillants de sa personnalité et de les restituer en les caricaturant aussitôt soit en dessin soit en paroles par une de ses saillies qui lui firent acquérir très rapidement une solide réputation au sein de l'école.

Sa timidité n'était désormais plus un obstacle, il était certes différent, solitaire mais définitivement accepté et reconnu par tous.

Pendant ses études, il réussit, pour payer ses sorties et ses modestes frais de scolarité, à trouver un travail d'illustrateur de mode dans une des revues spécialisées de l'époque. Son travail fût alors remarqué par le grand couturier Cristobal Balenciaga alors au sommet de son art. Celui-ci lui proposa, une fois son cursus scolaire terminé, de le faire venir à Paris au sein de ses ateliers de l'Avenue Georges V et de l'intégrer à son équipe d'assistants.

Immensément flatté, Duccio resta cependant très discret et se comporta dans les premiers temps auprès du « Maître » comme un modeste apprenti. Au bout d'une année, celui-ci commença à lui confier la création d'un ou deux vêtements dans chacune de ses collections, puis une thématique complète, si bien que quelques saisons plus tard, il fût remarqué par les professionnels de la mode qui, toujours à l'affut de nouveaux talents, lui prédirent alors un grand avenir. S'en suivit une période charnière pour Duccio où la succession des expériences vécues et réussies dans diverses maisons prestigieuses façonnèrent définitivement son style. Christian Dior l'embaucha tout d'abord comme assistant, mais après sa mort brutale en 1957, Duccio retourna en Italie où il travaillât pour Armani et Valentino avant qu'il ne décide de créer sa propre Maison en 1970.

Depuis ses débuts très remarqués et très réussis chez le « Maître » il avait, vu son très jeune âge et son parcours personnel atypique, tout d'abord intrigué puis intéressé puis hypnotisé les professionnels de la mode et était désormais considéré comme un génie dans son art.

Tout le monde savait que sa quantité de travail était phénoménale, chose qui n'était rendu possible que par un sens inné de l'organisation qu'il avait acquis pendant ses études secondaires. Toujours par monts et par vaux pour être en permanence en phase avec l'évolution des styles de vie et les attentes de la « jeune » clientèle, il réussissait néanmoins à créer, en plus de la haute Couture, douze collections de prêt à porter par an sans que cela ne semble jamais lui poser un quelconque problème.

Duccio se considérait avant tout comme un artisan et il était fier d'être reconnu dans un métier où la qualité d'un travail manuel d'exception était, encore de nos jours, à la base de son succès. Il disait à qui voulait l'entendre que sa profession était à mi-chemin entre celle de luthier : chaque robe couture étant pour chaque cliente unique au même titre qu'est primordiale le choix du bois, l'ébauche de la forme de la voûte, la détermination des contours exacts de la table et du fond d'un violon en fonction de chaque artiste, et celle de chef d'orchestre, la coordination effectuée en amont sur le travail de ses divers ateliers devant le jour de la collection faire ressentir aux spectateurs le même rendu harmonieux et fluide qu'un directeur d'orchestre lors d'un grand concert, à ceci près que chaque défilé est une unique première.

Comme un luthier, comme un chirurgien, comme un chef d'orchestre en répétition, il se présentait donc toujours les jours de défilé revêtu de sa célèbre grande blouse blanche.

Duccio Carpi était de plus doté d'une rare intelligence et malgré sa légendaire timidité, ses fameuses réparties tantôt cruelles, tantôt humoristiques mais toujours pertinentes faisaient la joie des médias et étaient depuis toujours relayées avec délectation dans les cocktails et soirées mondaines parisiennes mais depuis la brusque irruption des téléphones portables dans toutes les couches de la société qui favorisaient d'une manière exponentielle toutes les indiscrétions, ses saillies étaient désormais instantanément tweetées et retweetées des milliers de fois dans toute la blogosphère mode.

XXX

Cet été, pour son show d'hiver, Duccio n'avait pas cherché à viser plus haut que la saison dernière, ce qui lui avait d'emblée semblé difficile, mais plutôt à surprendre en proposant un lieu inédit et qui ne manquerait pas, il en était certain, de susciter une féroce jalousie chez ses confrères, ce qui le ravissait par avance.

Il avait réussi, grâce à l'entremise discrète de sa compatriote et amie de toujours Carla Bruni, à convaincre le secrétariat général de la Présidence de la République de pouvoir faire défiler ses mannequins dans les jardins de l'Elysée... et, d'ailleurs, un instant plus tôt, Duccio, en venant saluer après le passage de la mariée, n'avait-il pas reconnu Nicolas et Carla, tous deux assis au premier rang ?

Les retombées médiatiques allaient être énormes et, une fois encore, la Haute Couture française serait reconnue par la presse internationale comme donnant le « la » de la mode dans le monde.

Contre vents et marées, les défilés de Haute Coutre suivaient, depuis des décennies un rituel immuable : quatre jours de folie, deux fois par an début janvier et mi-juillet, du lundi au jeudi, avec pour les trois premiers jours, les plus importants, en forme d'apothéose de chaque journée, le défilé de ce qu'on appelle communément une « Grande Maison ».

Le lundi c'est DIOR, le mardi c'est CHANEL et le mercredi c'est « SEIZE 718 » !

L'histoire de la désormais célébrissime griffe Seize718 (prononcer : seize, sept cent dix huit) est devenue légendaire...

SAMEDI 15 DECEMBRE 1928

PARIS

C'est en 1928 que Nina Alexeïeva Obolenskaïa, avait décidé de créer sa propre maison de couture et de la baptiser de ce nom étrange.

Nina Alexeïeva qui était, avant la révolution russe de 1917, première dame de compagnie de la grande-duchesse Maria Pavlovna avait par chance réussi, en compagnie de celle-ci, à fuir son pays avec sa famille dans le courant de l'année 1919 en passant par la Roumanie.

La grande-duchesse Maria Pavlovna était la sœur du grand-duc Dimitri Pavlovitch, celui-là même qui dans la nuit du vingt neuf au trente décembre 1916, avait participé, aux côtés du prince Félix Youssoupov, à l'assassinat du starets honni Raspoutine.

Le tsar avait alors exilé le grand-duc sur le front de Perse, ce qui avait eu pour conséquence heureuse de lui sauver la vie, à la différence de son père, de son demi-frère et de sa tante, tous trois sauvagement assassinés en 1917 par les bolcheviques.

La grande-duchesse Maria, arrivée ruinée en France et installée désormais à Paris, s'était très rapidement liée d'une profonde amitié avec la déjà très célèbre couturière Coco Chanel. Cette dernière comprenant la gêne matérielle de la grande-duchesse, eût la généreuse idée de lui proposer de coudre des broderies russes sur les robes de sa collection de haute couture. La grande-duchesse avait accepté avec joie et la Princesse Impériale, s'était alors, à la surprise de tout son entourage, installée devant une machine à coudre et avait commencé à confectionner arabesques, festons et guipures afin d'orner les tissus des robes de la collection de Mademoiselle Chanel.

Etonnamment, le succès avait été tout de suite au rendez-vous si bien qu'en 1925, Maria Pavlovna s'était déjà affranchie de celle qui lui avait mis le pied à l'étrier et avait réussi à fonder la société Kitmir spécialisée dans le façonnage de broderies pour la couture. Elle s'était alors retrouvée à la tête d'un atelier de plusieurs dizaines d'ouvrières.

Quand à son frère, le grand-duc Dimitri, installé à Paris avec sa sœur, il avait rencontré Coco Chanel par l'entremise de celle-ci et était devenu son amant. On raconte que c'est le grand-duc lui-même qui dessina en 1921 le flacon de l'iconique parfum N° 5 sur le modèle des flasques à vodka de la garde impériale.

Avant même la création de Kitmir, Nina Alexeïeva Obolenskaïa avait accepté avec plaisir de diriger l'atelier de broderies de la grande-duchesse. À la tête de son équipe d'ouvrières, elle avait patiemment appris un nouveau métier et surtout avait longuement observé les comportements et les souhaits plus ou moins extravagants des clientes de la Princesse qui étaient toutes femmes du grand monde, voire du Gotha. Attirée par la création, elle avait, tout de suite participé activement à l'élaboration des broderies et des robes conçues dans son atelier. Au bout de deux ans, Mademoiselle Chanel qui avait remarqué son savoir faire auprès des clientes mais aussi son doigté vis-à-vis de ses ouvrières, la débaucha, sans aucun état d'âme vis à vis de la grande-duchesse, afin de lui confier la coordination de ses deux ateliers de couture, tailleur et flou.

Nina Alexeîeva Obolenskaïa avait vingt neuf ans en 1925. C'était une petite femme dont le visage agréable, surmonté d'une épaisse chevelure toujours montée en un chignon savamment sculpté, ne possédait cependant aucune aspérité remarquable : petit nez, petit menton, petits yeux. Tout le magnétisme qui émanait de ce petit bout de femme tenait dans son allure, car, bien que de noblesse provinciale et non de Cour, elle avait adopté, à la fréquentation de la famille royale, un port, une démarche, une aisance de conversation qui faisait que, lorsqu'elle se déplaçait, qu'elle s'exprimait ou même lorsqu'elle était simplement assise, une tasse de thé à la main, elle inspirait à tous ceux qui l'observaient ou qui conversaient avec elle, un respect en tous points égal à celui des nombreux Princes du sang exilés en France.

Pendant trois ans, elle dirigea ainsi avec un mélange de souplesse et d'autorité les centaines de petites mains qui œuvraient alors à tous les étages, y compris dans les combles, des 27, 29 et 31 de la rue Cambon où Coco Chanel avait installé sa Maison.

Durant cette période, Nina Alexeïeva avait rencontré à l'occasion d'un cocktail au Ritz, le Comte Archibald de Bedford, troisième du nom, un Lord anglais richissime qui était tombé sous le charme de cette courageuse et hautaine jeune émigrée. Homme de goût, séducteur, cultivé, follement curieux de modernité mais également, homme d'affaires avisé, il s'était très rapidement rendu indispensable auprès de Nina si bien que, pour la première fois de sa vie, elle décida d'abandonner une partie de sa très chère indépendance au profit de cet homme qui la charmait, la conseillait et au final la rassurait sur le bien fondé de ce qu'elle comptait entreprendre. Elle était alors devenue sa maitresse et on pouvait désormais les voir ensemble dans toutes les soirées mondaines. Désormais introduite partout par son amant, Nina était devenue à cette époque une des femmes les plus élégantes et les plus en vue des soirées parisiennes.

Dans le même temps, inspirée et motivée dans son travail par la modernité et la diversité des créations des couturiers alors célèbres comme Jeanne Lanvin, la grande rivale de Coco Chanel, Madeleine Vionnet ou Jean Patou, mais surtout, confiante dans son savoir-faire et sa bonne étoile, elle décida, confortée par Archibald qui croyait dur comme fer à son talent, de sauter le pas et de fonder sa propre Maison.

C'est le 13 juin 1923, jour où elle avait assistée au théâtre de la Gaité Lyrique à la représentation du ballet « Les Noces » donné par la Compagnie des ballets russes, dansé sur la musique envoutante d'Igor Stravinsky, qu'elle eût comme une illumination et qu'elle comprit subitement quelle orientation elle souhaitait donner à sa future Maison : elle la consacrerait à la mise en valeur au travers de ses créations de tout ce qui pourrait être transposé et même sublimé en provenance de sa patrie d'origine.

Elle décida d'appeler sa Maison, qu'elle inaugura en grande pompe le samedi 15 décembre 1928, jour de la sainte Nina, « *Seize718* ». En effet, traumatisée, comme tous les russes blancs, par l'horrible assassinat du Tsar et de toute sa famille dans les sous sol de la maison Ipatiev à Iekaterinbourg, elle souhaita par ce geste en perpétrer le souvenir, ayant conservé à jamais gravée dans sa mémoire la date maudite du 16 juillet 1918 où ces meurtres avaient été perpétrés.

Bien qu'une voyante de ses amies lui ait déconseillé de donner à sa griffe naissante un nom si tragiquement connoté et, à ses yeux, possiblement porte-malheur, elle considéra que l'hommage et le souvenir permanent des chers défunts au travers de la visibilité qu'elle allait donner à cette date, protègerait et même sanctifierait le démarrage de sa jeune entreprise.

Son amant anglais qui la soutenait depuis le début n'avait pas hésité une seule seconde à investir une modeste partie de son immense fortune dans la création de la maison de mode dont Nina avait rêvé depuis toutes ces années.

Le succès de Seize718 fût fulgurant. Déjà connue et reconnue du tout Paris, Nina n'eût aucun mal à « se faire » sa propre clientèle. Elle lui offrait, comme accessoires des tenues qu'elle confectionnait, tout ce que le monde russe d'hier pouvait comporter de rêve, de nostalgie et d'exotisme : dans son immense maison de couture qu'elle avait ouverte sur trois étages rue du Faubourg Saint Honoré, on pouvait trouver, dans le merveilleux capharnaüm du rez-de-chaussée : bijoux, châles, étoles d'Orenbourg, chemises traditionnelles revisitées à la mode du moment mais aussi un très vaste espace cadeau où tout le monde s'écrasait pour les fêtes : le œufs, poupées, objets en écorce de bouleau, plateaux peints Jostovo, porcelaine de Gzhel, vaisselle en bois Kholkhoma, boites décoratives, voisinaient avec un grand comptoir de linge de maison tissé qui ne désemplissait jamais.

Au premier étage au sein des salons couture, s'affairaient en permanence une armée de petites mains qui participaient avec les vendeuses, toutes femmes du monde, aux essayages des clientes de Nina. Quant à l'étage supérieur, Nina avait eue l'ingénieuse idée d'y installer le restaurant russe le plus couru de la capitale. On pouvait y commander, entre autres traditionnels chachliks, pirojkis, koulibiaks, saumon du kamchatka et bœuf stroganoff, une vingtaine de bortsch différents et surtout son fameux « spécial caviar à la louche » qui était servi accompagné d'un choix de plus de cinq cents vodkas différentes. Zigzaguant entre les tables des convives les meilleurs violonistes tziganes et russes du moment participaient, par le tourbillon de leurs archets, à rendre chaque soirée inoubliable.

Suivirent quinze années merveilleuses d'un succès mérité et qui ne se démentit jamais.

En mars 1938, se baissant pour ramasser une épingle dans son atelier, Nina ressentit les premières douleurs du mal qui devait l'emporter seulement quelques mois plus tard. Elle fût pendant sa très brève maladie, puis lors de sa douloureuse agonie, égale à elle-même, courageuse, ne se plaignant que rarement, continuant à recevoir chez elle, dans sa chambre de malade, car elle avait refusé de mourir à l'hôpital, avec autant de grâce et de bonne humeur que lorsqu'elle trônait dans son salon. Elle fût très entourée jusqu'à la fin et son enterrement dans l'incomparable église russe de la rue Daru fût à la hauteur du souvenir que tous ses clients et amis retiendront d'elles : des travées pleines à craquer, la nef entièrement tendue de voiles noirs, la couleur préférée de Nina, les femmes présentes portant, pour l'honorer, les toilettes les plus recherchées que Nina leur avait jadis confectionné, des nuages d'encens qui formaient d'étranges arabesques et enveloppaient de leur vapeur entêtante toute l'assistance et, durant tout l'office qui avait duré une heure trente, les chants ininterrompus portés par les voix si particulières, gutturales et hors du temps des popes.

Après la disparition si soudaine de la créatrice inspirée qu'était Nina, ni la maison de couture ni la boutique de la rue Saint Honoré ne réussirent à survivre pendant mais surtout après la deuxième guerre mondiale, la boutique de la rue du Faubourg Saint Honoré fût fermée, une beaucoup plus modeste fût ouverte, mais sans pouvoir renouer avec le succès d'autrefois. Archibald de Bedford qui était resté l'actionnaire principal ne supporta pas de voir ainsi s'écrouler l'activité de la maison de mode que l'ingéniosité et le talent de Nina avait rendue si célèbre et finit par vendre en 1950 ses actions à Marcel Boussac, surnommé à l'époque, l'Empereur du textile, également propriétaire de la maison de couture Christian Dior dont il avait orchestré et financé le lancement en 1947. Contrairement à ce qui était espéré Marcel Boussac ne fit rien de bien intéressant du legs créatif de Nina et la griffe Seize718 vivota ainsi pendant trente cinq ans jusqu'à ce que Fiodor Lemarchand, un jeune financier français quasi inconnu et qui avait fait fortune dans l'immobilier de bureau rachète la marque à Bernard Arnault, Président de LVMH, qui avait quelques années auparavant repris les très beaux restes de l'Empire textile de Marcel Boussac, alors en faillite...

Pour la griffe Seize718, une nouvelle ère s'ouvrait !

MERCREDI 6 JUILLET 2011, 20H30

PARIS

Backstage, au milieu des quelques « happy few »
autorisés à franchir l'espace sacré, Duccio recevait, avec
une modestie à peine feinte, les hommages de la presse
mondiale, de ses amis mais hélas également des éternelles
sangsues qui auraient presque tué pour figurer sur une photo en compagnie du « Maître ». Tous, une coupe de Dom
Pérignon en main, ne tarissaient pas de superlatifs sur la
collection qui venait de défiler sous l'immense tente dres-
sée, comme un défi impossible à relever, au beau milieu du
parc dans les jardins de l'Élysée

Aussitôt le défilé terminé, tailleurs et robes du soir
avaient prestement effectué le mouvement inverse de celui
du papillon sortant de sa chrysalide, ils avaient été prestement glissés dans des housses numérotées qui ne laissaient
plus subsister dans leurs transparences qu'un pâle reflet
sans vie de ce qui avait suscité quelques minutes plus tôt
sur le podium, l'admiration du public.

Un quart d'heure plus tard, la fièvre légèrement re-
tombée, les derniers mannequins encore en train de se rha-
biller à la va vite s'apprêtant aussitôt à courir vers un autre

show, Duccio se dirigea discrètement vers un coin resté dans l'ombre du gigantesque vestiaire. Y était assis un homme dont l'immobilité et le visage impassible contrastait avec l'ambiance vibrionnante qui régnait dans l'espace surchauffé.

L'homme qui se tenait là, celui la même, qui, grâce à ses immenses moyens, avait permis pareil succès, tendit alors une main glacée à Duccio, le remercia du bout des lèvres, lui formula trois mots que celui-ci interpréta comme un compliment, puis, après lui avoir fait comprendre par une petite mimique que l'entretien était terminé, fit dans le même temps un signe de la main à l'espèce de géant qui se tenait près de lui et qui ne le quittait jamais. Ce dernier dégagea alors avec le bout de sa chaussure le frein du fauteuil roulant sur lequel l'homme était assis, agrippa les deux poignées du véhicule et, entouré d'une dizaine de garde du corps qui libéraient le passage au fur et à mesure de leur avancée, se fraya en zigzaguant un chemin au milieu des derniers invités, en direction de la petite porte de la rue de Marigny où attendaient le chauffeur et la voiture.

Fiodor Lemarchand dit « Le capricieux » était totalement paralysé depuis l'âge de vingt ans...

JEUDI 7 JUILLET 2011, 0H30

PARIS

C'est sa fidèle gouvernante Madeleine qui ne quitta Fiodor que lorsqu'il eût douze ans révolus qui, pour la première fois, employa pour le désigner, alors qu'il n'était encore qu'un tout jeune enfant, le sobriquet de « capricieux ».

Fiodor enfant voulait toujours tout, tout de suite et dès que Madeleine ou ses parents lui résistaient, il faisait, ce qui est fréquemment courant chez les enfants, un caprice. En général ces sautes d'humeur s'estompent lorsque, à force de raisonnements, d'explications, et de comparaisons avec les petits camarades, l'enfant finit par assimiler les codes de la vie en société, mais Chez Fiodor, ce travers n'avait jamais vraiment disparu et bien des années plus tard, malgré ses immenses qualités professionnelles, il demeurait toujours un grand capricieux ; il ne supportait pas la moindre contrariété si bien que, par exemple, dès qu'il avait jeté son dévolu sur quelque chose ou sur quelqu'un qu'il souhaitait embaucher dans une de ses entreprises ou bien sur une femme qu'il voulait séduire, il fallait qu'il obtienne sans délai satisfaction, et ce, quel qu'en soit le prix. On raconte dans les diners en ville qu'il y a de cela quelques années, souhaitant débaucher un dirigeant pour un gigantesque programme immobilier situé à Dubaï dont il avait obtenu de haute lutte le contrat et alors que le candidat pressenti émettait certaines réticences à partir si loin et si longtemps, il avait fait porter à son épouse le soir même de leur entrevue, une montre Panthère en or massif Cartier dissimulée dans un bouquet géant de cent quarante cinq roses de chez Lachaume.

Heureusement, la nature avait placé une limite à ses excès car les ressorts fondamentaux de la psychologie de Fiodor consistaient en une césure quasi parfaite à l'intérieur de son cerveau entre les décisions techniques d'investissements où d'orientations stratégiques toujours pertinentes, redoutablement efficaces et rationnelles qu'il prenait jour après jour pour faire progresser ses différentes sociétés et où il était tout sauf « Capricieux » et tout ce qui touchait au management des hommes, aux rapports avec ses concurrents ou plus encore aux divers aspects de son comportement dans ce qui lui restait de vie privée où là, bien souvent, l'accès d'humeur et l'impatience prenait le dessus sur la réflexion....

Tous les moyens lui étaient alors bon pour arriver à ses fins, y compris le chantage, l'intimidation et même parfois, dans les cas extrêmes, la violence...

Bien entendu, personne, ni dans son entourage familial, ni au sein des équipes de cadres dirigeants de ses multiples entreprises, ne se serait permis d'employer ce qualificatif enfantin et dépréciatif pour le désigner. Mais, discrètement, secrètement, sans jamais le formuler, il était pour tous ceux qui le côtoyaient de près, Monsieur Fiodor Lemarchand dit « Le capricieux » !

XXX

Fiodor était le fils unique de Grégoire Lemarchand, qui, avant la dernière guerre était le patron d'une modeste entreprise de pâte à papier située à Saint Junien, en Haute Vienne : : « Papiers Lemarchand », entreprise qui était devenue avec le temps un des principaux sous-traitants des fameuses papeteries de Saillat qui exportaient leurs rames dans une bonne partie du monde.

Le père de Grégoire Lemarchand - le grand-père de Fiodor - était mort très jeune, il avait été un des derniers soldats victime de la guerre de 14-18 : sa compagnie qui faisait partie de la 163e division commandée par le général Boichut avait reçu l'ordre de franchir la Meuse « *coûte que coûte* » le soir du 9 novembre 1918, dans la région de Dom-le-Mesnil et cette ultime offensive menée dans la précipitation et l'improvisation, destinée uniquement à accélérer la capitulation de l'armée allemande, coûta inutilement la vie à trois cents hommes dont celle du père de Grégoire. Cette mort, que l'on pouvait qualifier de totalement gratuite, deux jours avant la signature de l'armistice, avait dès qu'il eût l'âge d'en comprendre l'absurdité, profondément marqué Grégoire et l'avait conduit à militer très jeune dans les rangs des pacifistes, puis, dès 1929, quatre ans avant le

Front Populaire, à adhérer, étant persuadé de défendre ainsi ce même idéal, au parti communiste. Lorsque la guerre d'Espagne avait éclaté, il était tout de suite devenu un militant actif : il trouvait des caches aux républicains espagnols qui n'avaient pas de titres de séjour pour la France, il servait d'intermédiaire pour faire franchir les Pyrénées à des cargaisons d'armes et surtout, ses camarades ayant constaté qu'il s'exprimait bien, il tenait des meetings pour dénoncer les massacres perpétrés par les phalanges franquistes et fustiger l'aide apportée, en armes et en combattants, par les fascistes de Mussolini et les nazis Hitlériens. Comme tous ses compagnons, il suivait avec angoisse, les progrès du terrifiant dictateur allemand et dénonçait inlassablement les menaces que ce dernier proférait à longueur de discours fulminatoires envers les démocraties occidentales mais surtout envers l'Union Soviétique. Après l'Anschluss de l'Autriche en mars 1938 mais surtout après les accords de Munich de septembre de la même année, en totale opposition avec l'optimisme béat ambiant, Grégoire était désormais certain que la guerre serait inévitable.

À l'annonce de la signature du pacte germano-soviétique qui tétanisa l'Europe entière et dérouta dans une proportion que l'on n'imagine pas aujourd'hui les communistes des démocraties occidentales, Grégoire fût un des rares à refuser d'entériner cet accord diabolique et une fois la guerre avec l'Allemagne déclarée par l'Angleterre et la France suite à l'invasion de la Pologne, puis, la défaite française consommée, il fût parmi les premiers communistes à décider de lutter contre l'occupant nazi en contradiction formelle avec les instructions données à l'époque par Moscou.

Lorsque Hitler, en juin 1941 envahit brutalement l'Union Soviétique, Grégoire décida aussitôt non seulement de résister mais de se battre. Il intégra les premiers réseaux de partisans communistes et, à la fin de la guerre, ayant eu la chance malgré son activisme constant et ses nombreux coups de main, de ne jamais être inquiété, il était devenu le chef des FTP pour la région Centre et Ouest.

Après la libération, Grégoire reçût de nombreuses décorations et fût parmi les rares invités étrangers, le 1er mai 1950, à concélébrer sur la Place Rouge, avec une semaine d'avance et aux côtés de Joseph Staline, le cinquième anniversaire de l'armistice de 1945.

Ce jour-là marqua dans la vie de Grégoire un vrai tournant. Au cours d'un cocktail donné le soir même à l'ambassade de France, il fût présenté à de puissants apparatchiks du Parti mais surtout y rencontra pour la première fois Jean Baptiste Doumeng, un industriel français dont il avait souvent entendu parlé pour ses hauts faits dans la résistance. Fervent communiste comme lui, Doumeng avait commencé, dès 1947 à établir un commerce fructueux dans l'agro- alimentaire avec l'Union Soviétique. Leur lutte commune contre l'envahisseur germanique et leur présence tous deux à Moscou généra une vive sympathie réciproque, si bien que Doumeng invita Grégoire à visiter dès le lendemain les bureaux de sa Société Interagra déjà installée à Moscou.

Au cours de cette visite qui impressionna Grégoire et lors des discussions qui s'en suivirent, celui-ci lui fit part des difficultés qu'il rencontrait pour trouver des débouchés supplémentaires à sa petite entreprise. Doumeng lui proposa alors aussitôt de l'aider en facilitant par ses relations la création d'une structure permettant de commercer avec l'URSS dans le domaine du négoce du bois. Il avait démontré sans mal à Grégoire que l'URSS, grâce à l'immensité de ses forêts sibériennes qui s'étendaient sur des milliers de kilomètres, ne manquait évidemment pas de ce matériau et que l'exportation de bois brut, extraordinairement recherché à cette époque en Europe occidentale où la reconstruction était prioritaire, revêtait de plus pour l'Union Soviétique, toujours à la recherche de devises étrangères, un caractère hautement stratégique.

Les exportations d'Union Soviétique en direction de pays de l'Ouest qui nécessitaient de faire appel à des organismes spécialisés dans le commerce international et agréées par les instances du Parti étaient essentiellement destinées à procurer ces devises tant recherchées par le Comité central. C'est pour satisfaire ce besoin vital que Grégoire Lemarchand, activement aidé par les relations qu'entretenait Jean Baptiste Doumeng avec les dirigeants du Parti, créa en septembre 1950 la société Interbois, seule habilitée à commercer entre l'Union Soviétique et le « reste du monde » dans le domaine du bois et de la pâte à papier.

Cette exclusivité dans l'exportation de ce produit vital dans les décennies 1950 à 1970, à l'époque où le COMECON fonctionnait à plein régime, rendit Grégoire Lemarchand très rapidement extrêmement riche. En effet, du fait du seul critère acceptable pour les dirigeants de l'Union Soviétique - le respect du Plan - critère qui ne tenait aucun compte de la demande exprimée par le marché, les coûts de production, impossible à déterminer du fait du système mis en place n'étant, eux, jamais pris en considération, les opérations d'exportation s'effectuaient fréquemment à des prix dérisoires et les marges réalisées par la Société Interbois étaient de ce fait énormes.

Grégoire décida assez rapidement de s'établir à Paris et y acheta un appartement dans le très chic 8ème arrondissement. Arrivé à ce stade de sa vie, il se retourna sur son passé, trouva qu'il avait été jusque là suffisamment riche et tourmenté et prit la résolution de la faire évoluer vers des rivages plus calmes et plus traditionnels. Il décida alors de fonder une famille et épousa en 1953 la fille d'un gros ponte de l'immobilier à qui il avait permis par ses importations de bois à des prix très préférentiels d'accroitre sa fortune. A partir de 1970, profitant du boom de l'immobilier, Grégoire commença à placer une grande partie de ses énormes dividendes dans le financement de programmes fonciers de bureau, devenant assez rapidement un acteur clé de ce secteur en France.

XXX

Fiodor était né en 1955. Son père avait décidé avant même sa naissance de donner à son enfant un prénom à consonance russe afin d'honorer ce qu'il considérait être comme sa deuxième patrie, patrie pour laquelle il avait tant donné de lui-même dans sa jeunesse et surtout pendant la dernière guerre. Il choisit finalement le prénom de Fiodor, premier prénom de Dostoïevski qu'il admirait par-dessus tout et dont il avait, lorsqu'il était dans le maquis, dévoré tous les livres.

Voyageant sans cesse et le plus souvent accompagné de Jacqueline, son épouse, Grégoire confia tout de suite l'éducation de son jeune fils à Mademoiselle Madeleine Germain, que l'on ne désignait dans la maison que du terme de « Mademoiselle » ou de « Madeleine » tout court, une gouvernante bardée de diplômes et de recommandations que son beau-père lui avait recommandée.

Fiodor avait été inscrit dans les toutes petites classes dans la très select école Saint louis de Monceau, mais ce fût la seule période où il avait fréquenté ce que son père qualifiait sans prendre aucun recul sur sa propre situation « d'école de riche » ! Il avait donc ensuite fait toutes ses études secondaires au Lycée Carnot, Grégoire Lemarchand, fervent partisan de l'école de la République parents ayant refusé que des écoles privées, aussi prestigieuses soient-elles, continuent à prendre en main sa scolarité.

À Carnot, Fiodor avait montré très vite à ses camarades et à ses professeurs toute la panoplie de ce qui apparaitra plus tard comme les traits dominants de sa personnalité : il donnait le sentiment d'être secret, mauvais camarade et apparemment dénué de tout affect, mais tous s'accordaient pour reconnaitre qu'il était d'une intelligence nettement au-dessus de la moyenne. Son intelligence n'avait pas été décelée, à ce stade, uniquement par son aptitude à retenir par cœur récitations, leçons d'histoires, de littérature ou de géographie ou bien à résoudre plus vite que les autres les problèmes d'arithmétique ou d'algèbre qui lui étaient proposés, mais bien parce que, dès l'époque où il n'avait encore que dix-douze ans, il pouvait disserter avec les adultes de sujets généralement inabordables pour un enfant de son âge. Sa rapidité de raisonnement, sa faculté de déduction face à une problématique donnée, la clarté de son expression orale, faisait qu'il possédait sans conteste une intelligence dans le plein sens étymologique du terme : une grande aptitude à « comprendre » et à « lier des éléments entre eux ».

Fiodor était également un grand sportif, et plus tard, lorsqu'il fût - après qu'il eût passé son Bac scientifique avec mention Très Bien - sorti dans la botte de sa promotion de Polytechnique, et enfin admis à Harvard pour parfaire son cursus, il décida, qu'après le ski hors piste, la plongée sous-marine où il avait obtenu son habilitation des soixante mètres, et le vol à voile, de s'initier au parachutisme.

Cette décision lui fût fatale : à son dix-huitième saut, les sangles de son parachute se mirent à vriller et il atterrit non pas à trente-cinq kilomètres à l'heure, la vitesse maximale autorisée par grand vent, mais à soixante-dix kilo-mètres à l'heure. Transporté d'urgence à l'hôpital de Boston il fût immédiatement opéré par le professeur Henri Watson, mais il fallut hélas se rendre très rapidement à l'évidence : Fiodor resterait toute sa vie paralysé des deux jambes.

Contre toute attente, celui-ci accepta sereinement ce coup du sort et contrairement à ce qui était attendu, le changement radical qui lui était désormais imposé dans la manière dont il devait mener sa vie décupla sa soif de pou-voir et sa volonté de conquête et renforça même d'une ma-nière hyperbolique, ses autres facultés et en tout premier lieu son intelligence.

Rentré à Paris, après avoir obtenu son diplôme à Har-vard, il prit après une brève période d'initiation, progressi-vement en main la direction des sociétés de son père, ce dernier ayant décidé de se mettre, dans le même rythme, en retrait de la partie opérationnelle de ses affaires.

Dès le début 1980, ayant pressenti la disparition à terme du COMECON, Fiodor vendit au groupe Pinault ce qui restait des activités d'Interbois afin de se consacrer ex-clusivement au financement de gigantesques programmes immobiliers. Dans les quinze années qui suivirent, il fit progresser le parc immobilier de ses nombreuses sociétés dans des proportions jamais atteintes par quiconque dans ce secteur.

Des années plus tôt, en 1976, et malgré son infirmité qui n'avait heureusement pas affecté sa virilité, Fiodor s'était marié avec Mademoiselle Micheline Watson, la propre fille du professeur qui l'avait opéré et qui tenait dans cet hôpital privé de Boston le poste de Chief Nurse. Séduite par la force de caractère et l'intelligence de son patient, elle s'était petit à petit attachée sentimentalement à lui et l'avait de ce fait admirablement accompagné, après son accident, dans les phases cruciales de sa rééducation puis de sa réadaptation. De son côté, Fiodor avait calculé que dans l'état qui lui avait été récemment imposé par le sort, il ne pourrait à la fois assouvir sa furieuse ambition professionnelle et maitriser les arcanes complexes d'une vie sentimentale des plus agitées. Etant avant tout désireux de montrer rapidement à son père de quoi il était capable, il décida non seulement de mettre un gros bémol sur les fredaines sexuelles qui avaient jalonné sa jeunesse mais surtout de se fermer définitivement à tout sentiment amoureux. Il se rangea donc volontiers à l'idée de ce mariage de raison qui de plus lui octroyait le bénéfice de soins gratuits donnés à domicile par une infirmière hautement diplômée...

Un an après, un fils leur était né qu'ils prénommèrent Adrien.

En 1986, toujours en quête de nouveaux challenges, Fiodor décida de se lancer dans le luxe dont il avait décelé l'immense potentiel de développement à l'international, à la fois dans les pays d'Europe de l'Est situés au delà du mur de Berlin dont l'ouverture à l'ouest dans le sillage de la Perestroïka lui semblait désormais irréversible mais surtout en anticipant l'aubaine que représenterait fatalement à terme la soif de consommation d'un milliard trois cents millions de Chinois.

Admiratif de ce que Bernard Arnault était en train de réaliser avec Christian Dior depuis le rachat du groupe Boussac en 1984, il chercha dans la petite panoplie des griffes qui possédaient une « histoire » celle qui lui semblait être encore en devenir. S'étant fait conseiller dans sa quête par des spécialistes du secteur de la Banque Rothschild, il se décida pour une griffe que l'on désigne habituellement dans le monde du luxe par l'appellation de « Belle Endormie », une griffe qui, de plus, entrait en parfaite résonance avec l'histoire de la réussite familiale des Lemarchand née grâce à la Russie quarante ans auparavant : il s'agissait de « Seize718 » que Bernard Arnault avait trouvée dans la « corbeille » de ce qui restait du groupe Boussac, et dont il ne s'était pas encore préoccupé. Après quelques mois de discussions pour la forme, Bernard Arnault lui céda la griffe pour un montant resté jusqu'à aujourd'hui, secret.

Ne lésinant sur aucune dépense, Fiodor fit un pont d'or à un talentueux créateur italien, coqueluche de toute la presse mode internationale et qui avait lui-même réussi avec sa propre maison, le styliste Duccio Carpi.

Bien qu'à cette époque, Fiodor n'était pas encore au fait des « recettes » qui font le succès des grandes griffes du luxe, il eût tout de même l'intuition qu'il lui fallait dès le départ frapper un grand coup. Il donna donc carte blanche à Duccio, et le premier défilé, celui de l'Eté 1986, fût un défi au sens commun tellement la richesse des matières et des parures au service d'un formidable souffle créatif avait époustouflé le parterre des invités : chaque passage de mannequin suscitait, émanant de ce public de journalistes, de people et d'acheteurs ultra blasé, chose rarissime, des salves d'applaudissements Ce fût un véritable triomphe et dès la saison suivante, Duccio faisait la couverture du célèbre Time Magazine que seul Christian Dior avait obtenue avant lui en 1957 quelques mois seulement avant sa brutale disparition.

Surfant sur ce succès, Fiodor qui avait très vite fait son apprentissage du luxe décida de réactiver tous les codes de la marque qui avaient jadis participé à son succès, mais, bien entendu, en les réadaptant au monde d'aujourd'hui. Si bien que, grâce au travail acharné de Duccio et de son studio ainsi que de toutes les équipes marketing et commerciales de la griffe dont les principaux managers avaient été débauchés à prix d'or des maisons concurrentes, Seize718 avait déjà inauguré, quinze années plus tard, plus de cinquante boutiques situées dans les meilleures artères des plus grandes capitales de la planète et les lignes de parfums et de cosmétiques Seize718 étaient devenues depuis leur lancement à l'automne 1995, Numéro un dans le monde.

XXX

Après le défilé de l'Elysée, Le capricieux avait demandé qu'on le conduise à son bureau souhaitant mettre la dernière main sur l'intervention qu'il devait faire lors d'une conférence dont la thématique était : « Le luxe est-il compatible avec la vente en ligne ? » dans deux semaines à New-York, et dont il devait confier le texte le lendemain à ses équipes pour qu'elles lui proposent une présentation Power Point ad hoc.

Deux heures plus tard, la copie étant jugée fin prête, il donna des instructions afin qu'on le ramène chez lui.

Bien qu'il ne participe que rarement aux rites de la vie familiale, sa vie de couple étant de longue date devenue un mot vide de sens, Le capricieux qui possédait, au cœur du 8ème arrondissement, un immense hôtel particulier, aimait se retrouver de temps en temps au calme chez lui. Il aimait cette maison qu'il avait faite entièrement restructurer et décorer à son goût et qui possédait de plus l'agréable particularité d'être une des très rares constructions dont le jardin ouvrait directement sur la Parc Monceau.

Arrivé devant chez lui, Bastien, son majordome, garde du corps et véritable « homme à tout faire » aida son Patron à se « glisser » de l'arrière de la Jaguar spécialement aménagée vers son fauteuil que le chauffeur de la limousine avait déjà prestement déplié.

Comme tous les jours et, quelle que soit l'heure où il rentrait chez lui, Le capricieux, d'un signe, fit comprendre à Bastien qu'il le mène vers sa piscine qui avait été creusée, au prix de prouesses techniques invraisemblables qui avaient coûté une fortune, au deuxième sous sol du bâtiment. Bastien le dirigea vers l'ascenseur qui, deux étages plus bas, donnait directement sur le bassin. La porte une fois ouverte, Bastien, sans un mot, déshabilla avec une grande délicatesse son Patron, le prit dans ses bras, nu comme un ver, puis, presque religieusement, se dirigea avec son fardeau vers l'extrémité du rectangle d'eau où un grand portique aménagé spécialement avait été installé en lieu et place du plongeoir.

Ce portique comportait la particularité de posséder un bras articulé auquel était suspendu un fauteuil sur lequel Bastien installait calmement tous les soirs Le capricieux après l'avoir sanglé autour du ventre. La manette de commande une fois actionnée, le fauteuil était orienté vers le centre de la piscine, puis celui-ci s'immergeait lentement dans l'eau, permettant ainsi à Fiodor Lemarchand de prendre son bain salvateur quotidien.

Ce soir là, à l'approche de la petite nacelle, ils furent tous deux intrigués par quelque chose d'insolite qui semblait trôner sur le fauteuil en skaï. Arrivés tout près, Bastien ne put réprimer un mouvement de recul qui faillit le déstabiliser et Le capricieux, découvrant le spectacle qui s'offrait à ses yeux, poussa dans le même temps un hurlement qui résonna douloureusement contre le carrelage de la piscine :

Un mannequin Couture surmonté d'une tête en chiffon maquillée outrancièrement et portant poignardé sur son torse un morceau de chair exsangue et monstrueuse qui s'apparentait à un fœtus difforme boursoufflé et blême semblait narguer les deux hommes.

Un petit mot rédigé avec des extraits de texte découpés dans plusieurs journaux était épinglé sur le bas du buste :

« *In memoriam 16 juillet 19.... »*

JEUDI 7 JUILLET 2011, 0H15

PARIS

Dans la petite salle de l'Aktéon, petit théâtre amateur du 11ème arrondissement de Paris, l'ultime répétition
avant l'unique représentation du 14 juillet venait de
s'achever. Jacques Pringent venait de déclamer avec la so-
lennité requise les quatre derniers alexandrins de son rôle
du Misanthrope, lorsque « l'atrabilaire amoureux » comprenant enfin que Célimène ni ne l'épousera ni même ne le
suivra dans sa retraite, décide alors brusquement, comme le
faisaient les sages dans l'antiquité, de se retirer du monde :

« Trahi de toutes parts, accablé d'injustices,

Je vais sortir d'un gouffre où triomphent les vices ;

Et chercher sur la terre, un endroit écarté,

Où d'être homme d'honneur, on ait la liberté »

La répétition ayant eu lieu, et c'était la première fois,
en costume, Jacques se précipita dès la dernière réplique
prononcée en coulisse pour se débarrasser de sa perruque
sous laquelle il étouffait. Après s'être rapidement rhabillé,
il se prépara à aller remercier tous ses partenaires qui

étaient assis en rond sur la scène en train de discuter de leur prestation avec Géraldine Méplat la "metteuse en scène".

Ancienne sociétaire de la Comédie française, Géraldine avait monté il y dix ans deux cours de théâtre : un payant et de réputation national pour des élèves voulant faire profession d'acteur et un autre gratuit pour aider les acteurs amateurs du 11ème arrondissement, son quartier depuis toujours. Et elle avait coutume de dire qu'elle était tout autant exigeante avec ceux-ci qu'avec ceux-là.

On ne donnait pas vraiment d'âge à Géraldine, elle pouvait avoir entre quarante et soixante dix ans selon l'angle sous lequel on la regardait. Elle semblait plutôt âgée si l'on s'attachait uniquement à son physique, n'étant jamais ni maquillée ni même réellement coiffée, ses longs cheveux noirs étant toujours attachés avec une barrette d'une forme indéfinissable et qui se détachait tout le temps si bien qu'elle passait son temps à se remettre la chevelure en place. Par contre, dès qu'elle se mettait à bouger ou à parler, alors, le charme opérait, son enthousiasme, son charisme, sa connaissance des textes et de la mise en scène subjuguait ses élèves. Elle semblait alors pour tous posséder l'élixir de l'éternelle jeunesse.

Géraldine était contente de leur prestation et malgré le trac de ses élèves à l'approche du grand jour, elle leur assura qu'elle était confiante pour lundi prochain. Avant qu'ils ne séparent une demie heure plus tard, elle donna une petite tape sur l'épaule de son Misanthrope.

— Alors, commissaire, est-ce que je peux annoncer dans la presse que Gérard Depardieu jouera le Misanthrope à l'Aktéon le 14 juillet ?

— Faites donc et je ferai courir le bruit que la mise en scène est d'Ariane Mnouchkine !

Elle se mit à rire aux éclats et ils se séparèrent sur un baiser des deux joues.

Malgré l'heure tardive, Jacques savait qu'il allait rentrer à pied, il habitait depuis toujours à quelques centaines de mètres du théâtre, rue Servan, une petite rue située entre la rues de la Roquette et celle du Chemin vert. Son appartement donnait sur le square de la Roquette et ce petit espace de verdure avait toujours été considéré par lui comme son jardin privé.

Jacques, sur le chemin du retour dans le quartier désert se remit sans le vouloir vraiment, le silence aidant, à repenser à Emile Notredame, au musée et à ces disparitions macabres. Il se dit que décidément il fallait qu'il retourne dès le début de la semaine prochaine interroger Émile.

Quelque chose clochait dans cette histoire et il fallait qu'il trouve quoi.

JEUDI 7 JUILLET 2011, 0H30

PARIS

C'était la troisième alerte !

La première fois que Fiodor fût mis en présence de ce spectacle grand guignolesque, c'était encore très clair dans son souvenir, c'était le 8 juillet dernier, quasiment un an auparavant, jour pour jour, juste après le show Couture de l'automne-hiver qui avait défilé sur l'esplanade du champs de mars, show qui avait été, pour la première fois, accessible au grand public. Plus de soixante quinze mille parisiens, dont plusieurs centaines avaient couché sur place pour être certaines de pouvoir assister au spectacle, avaient applaudi à ce gigantesque spectacle où cent cinquante mannequins avaient défilé sur un podium de deux cents mètres de long, électrisés par la musique électronique spécialement composée par jean Michel Jarre.

L'accueil avait été enthousiaste, et pour une fois, Le capricieux avait, un peu plus qu'à son habitude, desserré les lèvres pour complimenter Duccio qui en était resté tout ému.

Raccompagné à sa voiture par Bastien, celui-ci, après l'avoir installé à l'arrière, avait, comme d'habitude, replié le fauteuil et fait ouvrir le coffre arrière par le chauffeur afin de pouvoir l'y ranger. Le capricieux avait perçu parfaitement le déclic de l'ouverture du coffre, mais surtout, une seconde après, le cri d'effroi de Bastien. Deux minutes plus tard, Le capricieux était à nouveau sur son fauteuil devant le coffre ouvert et examinait ce qui avait provoqué une telle frayeur à son fidèle garde du corps qui, pourtant, en avait vu bien d'autres : un horrible fœtus d'enfant qui aurait été, s'il était arrivé à terme, à coup sur mongolien, portant un énorme cordon ombilical, était posé dans le coffre de la voiture, sur une toile blanche de couturière. À côté, était avait été épinglé un carton recouvert de mots découpés dans plusieurs quotidiens. Ce qui y était écrit était pour le moins mystérieux :

« Encore deux saisons et vous saurez !...

In memoriam ! »

Le capricieux avait décidé, malgré le choc, de ne pas accorder d'importance à cette macabre découverte et surtout de ne pas alerter la police. Il avait une sainte horreur de la publicité concernant sa personne et nul doute que si cette affaire s'ébruitait dans la presse, il ne cesserait plus d'être importuné. Il licencia dès le lendemain son chauffeur qui n'avait, de toute évidence, pas suffisamment surveillé sa voiture, et décida d'oublier cet incident qu'il mit sur le compte soit d'une plaisanterie de fort mauvais goût émanent d'un de ses nombreux ennemis dans le milieu de la mode, soit d'une vengeance d'un de ses anciens employés qui aurait estimé avoir été écarté injustement.

La deuxième alerte était encore plus récente puisqu'il s'agissait de l'hiver dernier. Arrivé vers minuit et demie devant la porte de son hôtel après la soirée à Versailles qui avait été une si complète réussite, Bastien, Eric, son nouveau chauffeur et lui-même aperçurent, juste avant d'emprunter la rampe qui conduisait au parking, se découpant dans le halo des phares de la Jaguar qui éclairaient violemment les marches du perron, une grande malle en osier posée là et qui semblait entrouverte.

Le capricieux se fit extraire de sa voiture, puis après avoir été déposé sur son fauteuil que Bastien avait prestement redéployé, il lui demanda d'ouvrir le colis suspect. Le phares de la jaguar qui étaient restés allumés éclairaient la scène. Bastien sortit alors de la malle, avec un mouvement de dégout, le même cadavre, si l'on pouvait employer ce terme, d'un fœtus qu'il y a six mois, si ce n'est que celui-ci était sans bras !...

Sur l'abattant de la malle, un papier était scotché sur lequel étaient collés ces mots à nouveau découpés dans divers magasines :

« Ce sera pour la saison prochaine !...
In memoriam 16 juillet ! »

Le capricieux, furieux, avait ordonné à Bastien de diligenter une enquête interne orientée vers ses anciens cadres de Direction licenciés dans les cinq dernières années ; une mise en scène aussi sophistiquée ne pouvait pas, dans son esprit, provenir d'un employé ou même d'un simple cadre. Il avait demandé également à Bastien de renforcer la surveillance de la maison, du parc de voitures et de sa famille mais surtout il avait exigé que l'on continue à garder à ce nouvel incident en dehors de la connaissance de la police.

Mais ce soir, assis sur son fauteuil devant sa piscine, la figure grimaçante de l'horrible mannequin continuant à le narguer, Le capricieux qui, décidément, ne comprenait absolument pas quelle pouvait être la finalité de cette succession d'horreurs, décida finalement de porter plainte.

Il demanda à Bastien qu'il s'organise pour conserver le fœtus dans un congélateur afin de le montrer ultérieurement aux policiers, puis après avoir pris le papier contenant la menace, il se fit reconduire dans son salon et décida d'attendre l'arrivée de son épouse Micheline et de son fils unique Adrien, qui étaient restés dans les jardins de la Présidence à commenter le défilé avec les invités, puis avaient été ensuite conviés par Carla à participer au petit diner intime que celle-ci avait organisé à l'Elysée pour honorer Duccio ainsi qu'une vingtaine d'autres personnalités du monde de la mode et des arts.

Avant leur arrivée, il rangea le petit mot anonyme dans un grand coffret situé sur la partie droite de son bureau et le déposa à côté des deux précédents feuillets qu'il avait, par prudence, conservés.

JEUDI 7 JUILLET 2011, 1H45

PARIS

Une heure plus tard, Micheline et Adrien passèrent une tête dans le salon où ils s'étonnèrent de trouver à cette heure tardive leur mari et père, installé sur sa chaise longue Le Corbusier, sa préférée et qui visiblement les attendait.

Ils virent tout de suite à son air encore plus sévère que d'habitude que quelque chose le tracassait. Après qu'ils se fussent mis à l'aise, il leur demanda de s'asseoir et leur raconta tout de l'énigme à laquelle il était confronté, à l'exception des trois petits mots qui avaient été placés à côté des trois petits cadavres. Il leur annonça également qu'il allait dès le lendemain matin avertir la police et que l'enquête qui ne manquerait pas d'en découler allait surement quelque peu bouleverser leurs habitudes. Cependant, il exigea d'eux deux que rien ne filtre sur cette affaire en dehors du groupe familial et des serviteurs rapprochés, à savoir : Bastien bien sur, Eric, son chauffeur à qui il avait demandé le silence le plus absolu, et des deux autres « gros bras » faisant partie de sa protection personnelle et en qui il avait toute confiance. Si le personnel de maison leur demandait des explications sur la présence policière, il con-

63

viendrait de répondre que l'on soupçonnait qu'un cambrio-
lage avait eu lieu dans la cave de l'hôtel et que l'on y avait
probablement dérobé quelques bouteilles d'un rare millé-
sime...

JEUDI 7 JUILLET 2011, 6H30

PARIS

Au petit matin, après avoir passé une nuit quasiment blanche à tourner et retourner dans sa tête les étranges et inquiétants évènements de ces douze derniers mois, Le capricieux, encore allongé sur son lit, décida de passer deux coups de fil : le premier fût pour son ami François Fresson, le Directeur de la police judiciaire, de la même promotion que lui à Polytechnique et qui avait échoué, après des années passées dans les cabinets du ministère des finances, on ne savait pas très bien pourquoi, à ce poste régalien. Il attendit sept heures puis composa le numéro personnel de son ami qui décrocha aussitôt. Après s'être excusé de le déranger si tôt le matin, il lui expliqua calmement ce qui lui était arrivé au cours de ces douze derniers mois, sans mentionner toutefois les trois papiers anonymes, et lui demanda de lui envoyer, dès cet après-midi, pour tenter d'y voir plus clair, un inspecteur qui saurait rester discret et n'ameuterait en aucun cas les journalistes. François promit et lui proposa même de passer le voir dans le courant de la semaine prochaine pour faire un premier point, ce que Le capricieux accepta, puis, après l'avoir remercié, il raccrocha.

Le deuxième coup de fil fût pour Bastien à qui il demanda de monter le voir dans sa chambre, tout de suite. Lorsque la porte s'ouvrit pour laisser passer le colosse, le capricieux ne pût s'empêcher de mesurer la chance qu'il avait d'être tombé par le plus grand des hasards sur cet énergumène qui le servait avec le dévouement le plus absolu depuis maintenant douze ans.

Il avait, à l'époque, croisé sa route lors d'un cocktail donné à Oman, sur le yacht d'un de ses clients arabes fortuné. Une négligence d'un membre de l'équipage avait laissé ouverte la petite porte donnant sur l'échelle de coupée qui, elle, avait déjà été repliée. Le capricieux s'était trouvé alors malencontreusement au bord de cette ouverture au moment où une invitée passablement éméchée, recula brutalement ce qui eût pour effet de le projeter par-dessus bord solidaire de son fauteuil dont il n'avait volontairement pas serré le frein afin de pouvoir se mouvoir plus à son aise entre les invités.

Le capricieux entrainé sous l'eau par le poids du siège métallique et de toute façon, incapable de mouvoir ses jambes pour remonter à la surface, pensa sa dernière heure arrivée, mais au moment précis où, déjà suffoquant, il avait décidé d'ouvrir la bouche pour en finir au plus vite, il sentit une forte main l'agripper et le remonter à l'air libre : il venait de faire connaissance avec Bastien.

Bastien était le fils d'un petit éleveur de porc breton, mais qui, depuis toujours avait refusé d'imaginer prendre un jour la succession de son père. Il était depuis tout enfant, tête brulée, aventureux, bagarreur et surtout attiré, proba-blement par contraste avec la porcherie tenue par sa fa-mille, par l'ordre et la propreté ; raison pour laquelle il dé-cida à dix-huit ans de s'engager dans la légion étrangère où il pourrait, à la fois, voir du pays et servir. À l'issue de son contrat de cinq années où il participa essentiellement au maintien de l'ordre durant la guerre qui mit l'ex-Yougoslavie à feu et à sang, il décida de se reconvertir dans le privé et intégra une entreprise parisienne offrant des ser-vices de gardiennage et de protection rapprochée. Il fût alors repéré puis débauché par un émir du sultanat d'Oman pour lequel il travaillait depuis six mois lorsque Le capri-cieux croisa, si l'on peut dire, sa route lors de ce malencon-treux cocktail. Immédiatement, Le capricieux, au delà de la dette qu'il avait désormais envers celui qui lui avait, à coup sur sauvé la vie, ressentit la puissance physique et le calme qui se dégageaient de cet homme et mesura instantanément les services que celui-ci pourrait lui rendre à l'avenir.

Il n'eut pas grand mal à le débaucher, la proposition financière qu'il fit à Bastien n'autorisant aucune hésitation. Mais surtout, datant de ce jour là, entre Le capricieux et Bastien, une sorte de pacte « à la vie à la mort » avait été scellé. Bastien, qui était un homme « entier », avait décidé que, pour soulager ce patron qui l'impressionnait par son intelligence, son immense réussite, mais également, par le recul et le détachement avec lequel il analysait et supportait les contraintes de son infirmité, il serait prêt à tout.

Le capricieux était désormais pour Bastien, un Patron, un Père mais également, malgré sa force de caractère et sa puissance, un homme qui, dans certaines circonstances pouvait se trouver totalement sans défenses et qu'il se devait alors de protéger.

Quand au capricieux, Bastien était pour lui, à l'exception de son fils Adrien, la seule personne à qui il accordait une confiance absolue et pour qui il ressentait un sentiment quasi amical...

Toujours assis sur son lit, et après lui avoir lancé un rapide bonjour, Le capricieux se mit, en prenant son collaborateur à témoin, à penser tout haut :

— Bastien, j'ai réfléchi toute la nuit à cette succession de découvertes macabres. Fort heureusement, depuis hier au soir nous en savons un peu plus puisque l'individu à l'esprit torturé qui est à l'origine de ces mises en scène nous a donné un vrai indice qui devrait nous aider à décrypter ce rébus : « *in memoriam 16 juillet 19...* »....J'ai compris cette nuit que c'était à moi et à moi seul de découvrir de quelle année il s'agissait, et qu'une fois la bonne date identifiée, je trouverai sans doute un début d'explication à ce harcèlement.

J'ai donc, depuis une heure du matin, passé en revue dans ma tête tous les 16 juillet significatifs qui, depuis mon enfance, auraient pu marquer ma vie personnelle ou professionnelle. Comme tu le sais, tous les ans, lorsque je suis à Paris, nous commémorons la date du 16 juillet 1918 par un office dans l'église orthodoxe de la rue Daru, mais je n'en garde comme souvenir qu'une cérémonie routinière où rien de particulièrement significatif n'a jamais marqué ma mémoire. Au petit matin, j'ai finalement décidé d'arrêter de réfléchir autour de cette date et de travailler sur d'autres hypothèses, mais les arcanes du cerveau sont bizarres et celui-ci, à mon insu, avait apparemment décidé de continuer à explorer mon passé car, soudain, en un éclair, je me suis souvenu d'une date bien précise : le 16 juillet 1988 ; ce jour là j'ai fait la connaissance fortuite d'une femme qui est devenue à un moment donné de mon existence, très importante pour moi. Notre séparation, peu d'années après, fût assez brutale et notre dernière entrevue particulièrement houleuse, ce qui l'avait, je m'en souviens parfaitement, beaucoup affectée. Cette affaire datant maintenant d'il y a plus de vingt ans, j'avais appris à cette époque, que la fille en question était partie vivre aux Etats-Unis et qu'elle s'était installée à Chicago. Comme cette femme était d'une intelligence redoutable, il ne faut certainement pas ignorer cette possible piste, je te charge donc de la retrouver.

Pars là-bas dès aujourd'hui, je vais activer nos contacts sur place, et tout particulièrement Franck O'Marteen, un costaud et très astucieux agent du FBI en qui j'ai toute confiance ; je l'ai sollicité dans le passé pour une affaire de chantage sur un de mes Directeurs et il a parfaitement solutionné l'affaire en quarante huit heures. Je vais faire en sorte qu'il t'attende à ton arrivée, prends le Jet de la Compagnie, je préviens tout de suite l'équipage qu'il se tienne prêt à décoller dans la matinée. Préviens moi dès que tu auras identifié l'endroit où elle se trouve, elle s'appelle Gabriella Bellozi, voila une photo d'elle d'il y a vingt ans que j'ai retrouvée ce matin, c'est tout ce que je puis te donner comme information, en dehors du fait, et tu peux en juger par toi-même sur le cliché, que *c'était la plus belle femme que j'ai jamais rencontrée...*

JEUDI 7 JUILLET 2011, 7H30

PARIS

Une fois Bastien sorti après qu'il eût aidé Le capricieux à se lever et qu'il l'eût installé sur son fauteuil, celui-ci se dirigea vers le petit coffre-fort secret encastré, à hauteur de son fauteuil, sous une sanguine de Fragonard représentant le sacrifice d'Abraham. Le coffre une fois ouvert, Fiodor y extirpa, enserré au milieu d'autres classeurs, un épais et lourd dossier qui était maintenu fermé par un double élastique rouge et sur lequel était inscrit :

Défilé Moscou : samedi 16 juillet 1988.

Le capricieux revint alors vers son lit, déposa le dossier sur la couette et entreprit de l'ouvrir pour s'en remémorer les détails du contenu. Un flot de photos et d'articles de presse, tous extraordinairement élogieux, étaient, quelques minutes plus tard, étalés devant lui.

Et Fiodor, à la fois muet et quasi hypnotisé devant cet amoncellement de souvenirs aujourd'hui figés sur le papier, se surprit à fermer doucement les yeux.

Tout en esquissant un sourire, il se mit alors à dérouler à toute vitesse dans son cerveau le film de ces évènements qui l'avaient tant marqué il y a de cela vingt deux ans.

SAMEDI 6 JUILLET 1988, 14H

MOSCOU

À cette époque, et bien que Christian Dior ait déjà défilé dans le grand magasin Goum de Moscou en pleine guerre froide en juin 1959, Le capricieux avait tenu absolument à rééditer cet exploit, mais, comme à son habitude, en plus grand et surtout en plus spectaculaire car, malgré le démarrage en fanfare de Seize718 deux ans auparavant, il était encore considéré par ses pairs, dans le monde très élitiste de la mode, comme un novice. Raison de plus, s'était-il dit, pour qu'il se dépasse et franchisse une nouvelle étape de notoriété !

Il se souvenait parfaitement combien il lui avait été difficile, accompagné de Duccio, de décider les autorités d'URSS à autoriser, sur la place Rouge, ce qui ne s'était encore jamais vu, le show de Seize718 à l'occasion, circonstance aggravante, du soixante dixième anniversaire de la mort du tsar et de sa famille. Le capricieux et Duccio avaient cependant été aidé dans leur entreprise par deux éléments non liés directement à l'autorisation demandée : le premier portait sur la situation politique du pays alors en pleine Perestroïka. À cette époque, Boris Eltsine après un très court temps de disgrâce était aussitôt redevenu l'homme fort de la région de Moscou. C'était donc avec cet homme déjà très puissant politiquement et qui nourrissait et affichait clairement des idées pro-occidentales concernant l'avenir de son pays que Le capricieux avait finalement négocié pour obtenir les autorisations nécessaires. Le deuxième élément, tout au contraire, portait sur le passé très communiste du père de Fiodor que tout le monde politique d'URSS reconnaissait comme un ardent patriote internationaliste, ce qui servait bien entendu aujourd'hui son fils dans cette occurrence. Ces deux éléments opposés avaient donc joué positivement et, exceptionnellement, Fiodor Lemarchand, dit Le capricieux avait été autorisé à organiser un défilé sur la Place Rouge de Moscou, à la condition expresse qu'aucune mention ne soit faite concernant l'ex famille impériale et que la moitié des invitations soient attribuées à des membres éminents de la nomenklatura moscovite.

Des équipes techniques venues de France avaient dressé, face à la gigantesque façade du musée d'histoire, une énorme tente permettant d'accueillir mille personnes assises. Elle avait été montée par la société Jaulin qui, depuis la fameuse soirée Cartier donnée en octobre 1980 sur la place Vendôme, était devenu « le » spécialiste en la matière.

La décoration intérieure avait été confiée à Valéry Leventhal, immense artiste, décorateur principal du Bolchoï qui avait déjà à son actif d'innombrables succès nationaux

74

et internationaux, notamment à la Scala de Milan. La porte de la tente franchie, on se serait cru à l'intérieur d'un palais des mille et une nuits : mises en valeur par la lumière tamisée que diffusaient les projecteurs, toutes les parois étaient tapissées de tissus qui, par leurs richesses, exprimaient tous la magnificence de l'orient : damas et brocarts voisinaient avec les métrages somptueux brodés dans les ateliers parisiens de la griffe. Le sol était entièrement recouvert de tapis, notamment les Kazaks du Caucase noués de la très réputée laine de Ghazni, que l'on avait étalés par dessus une première couche de Kilims et de Sumaks. Comme il avait été décidé qu'il n'y aurait pas de podium, il avait été demandé aux filles qu'elles défilent ou plutôt devrait-on dire, qu'elles dansent pieds nus au milieu du public, lequel serait assis non pas sur des chaises mais sur des poufs spécialement fabriqués et recouverts d'un tissu patchwork. Pour ne pas déroger à l'ambiance des boutiques de la griffe que Nina Alexeîeva Obolenskaïa avait initiée rue du faubourg Saint Honoré, cent cinquante musiciens russes et tziganes devaient contribuer à donner, pour ceux qui auraient la chance de participer à cet évènement, un sentiment proche du rêve éveillé.

XXX

Dès qu'il eût pénétré sous la tente, une demi-heure avant le démarrage du show, son fauteuil poussé par Sylvain, son garde du corps de l'époque, il l'avait aperçue : une grande femme mince, d'une beauté étrange, insolite, et qui se tenait gracieusement debout, au beau milieu de l'espace réservé à la presse et semblait discuter d'un air passionné avec Suzy Menkes, la journaliste en charge de la plus célèbre rubrique mode du monde, celle du Herald Tribune, qui venait juste de lui être attribuée après le décès subit, l'année passée à Paris, de l'incontournable et redoutée « Papesse de la presse mode » Hebe Dorsey.

Connaissant déjà Suzy Menkes du temps où celle-ci travaillait pour The Times et plus récemment pour le tout nouveau journal londonien The Independant, il s'approcha d'elle, et après l'avoir saluée et qu'elle l'eût complimenté sur les préparatifs et surtout l'impatience que tout le monde ressentait de pouvoir enfin assister à ce show dont toute la planète mode parlait depuis des semaines, il lui demanda, en affichant un air totalement détaché, de lui présenter sa jolie interlocutrice, qui avait délicatement fait un pas en arrière pour ne pas sembler prendre part à leur échange. Suzy Menkes s'exécuta en attirant à nouveau la belle étrangère à ses côtés

— Vous connaissez certainement Madame Gabriella Bellozi, qui dirige le bureau de Moscou de Modissima Moda, dit-elle en s'adressant au Capricieux, alors que l'inconnue s'approchait pour lui serrer la main.

— Nous étions, avant votre arrivée, en train de nous extasier et de mesurer tous les trésors d'habileté et de diplomatie qu'il vous a surement fallu déployer pour arriver à persuader les autorités d'URSS à autoriser pareille fête sur un lieu aussi symbolique et aussi chargé d'histoire, furent ses premières paroles.

— Chère Madame, rétorqua le capricieux, je vous remercie de vos compliments et suis tout à fait enchanté de faire votre connaissance, j'en serai d'ailleurs doublement ravi si vous acceptiez, d'accompagner Madame Menkes ce soir afin de vous retrouver parmi les quelques invités que Duccio Carpi et moi-même réunissons depuis deux ans autour d'une bonne table pour fêter plus intimement la prouesse que représente chaque défilé. Puis-je compter sur votre présence à vingt et une heure au restaurant Aragvi qui, exceptionnellement, a pu obtenir l'autorisation de privatiser sa salle pour des invités étrangers ?

Et pour la deuxième fois, Le capricieux entendit résonner le son de cette voix rauque, envoutante et à la prononciation trainante que possèdent certaines italiennes qui rendent les autres femmes présentes folles de jalousie et qui, par contraste, font fondre leurs interlocuteurs mâles. En guise de réponse, Gabriella s'approcha lentement du Capricieux et tout en lui tendant une main chaude et enveloppante pour le saluer, elle lui répondit simplement et avec un sourire tout de retenue :

— Je vous remercie, cher Monsieur, je serai ravie de me rendre ce soir à votre aimable invitation.

Puis elle tourna gracieusement les talons, alla tranquillement s'assoir sur son pouf et engagea immédiatement la conversation avec ses voisins journalistes.

Le capricieux était troublé. Lui qui, malgré son handicap, et au grand dam de son épouse qui s'était finalement résignée, avait accumulé depuis son accident et contrairement à ce qu'il s'était promis lorsqu'il l'avait épousée, toutes sortes d'aventures féminines, avait aussitôt ressenti au contact de cette italienne inconnue une décharge de testostérone d'une intensité exceptionnelle.

Se connaissant bien, Le capricieux, en la regardant reprendre sa place, prît la ferme résolution de conquérir cette femme, et ce, quels qu'en soient les moyens.

XXX

Aragvi était à l'époque soviétique pour Moscou ce que représentait Maxim's, à la « Belle Epoque », pour Paris ; mais si Maxim's était accessible à toute personne portant l'habit ad-hoc et également susceptible de régler le montant d'une addition qui pouvait atteindre des sommets, le restaurant Aragvi, lui, était totalement inaccessible au public. C'était, sous Staline, la cantine de la police secrète, où Beria et tout le KGB dinait et entretenait ses divers contacts dans le monde. Après la mort de Staline, Aragvi était devenu le restaurant ultra chic où se pressait à l'exception de tout autre convive, le gratin de la nomenklatura soviétique. Au delà de cet aspect lié à la qualité des invités admis, la cuisine d'Aragvi, était réputée comme étant la meilleure cuisine Georgienne de toute l'URSS, la cuisine Georgienne étant considérée comme étant la plus recherchée de tout l'empire...

Ce soir, dans la grande salle de réception du restaurant, quatre vingt convives triés sur le volet pouvaient admirer pour la première fois les décors muraux du grand style soviétique du début du siècle illustrant l'héroïsation du labeur humain, où tracteurs, gerbes de blé et paysans heureux voisinaient avec des ouvriers radieux. Une fois assis à l'une des dix tables somptueusement agencées et abondamment fleuries qui avaient été prévues pour cet exceptionnel diner privé, chaque convive pouvait lire en français et en anglais sur le bristol déposé sur son assiette en porcelaine de Lomonosov et couvrant une double page, un menu digne de ce qui était jadis offert à la table des tsars, que Le capricieux, Duccio et le chef Levan Dadiani avaient concocté pour satisfaire le palais de leurs invités afin de faire de ce diner un moment de grâce dont ils garderaient un souvenir ému :

- Une vingtaine de « zakouski » déclinaient les grands classiques de la cuisine géorgienne et russe : y voisinaient les khinkali - gros raviolis remplis de viande et de bouillon -, l'Ajapsandali - plat végétarien composé de pommes de terre, aubergines, tomates, poivrons -, les Badrigani Nivgzit - Aubergines coupées en tranches fines et assaisonnées avec des noix moulues, du vinaigre, des grenades, et des épices -, les Soko - Champignons préparés de diverses manières, assaisonné avec des herbes et des épices -, les Ispanakhi - épinards assaisonnés aux noix -, les Abkhazura - Brochettes de viande hachée assaisonnée -, et le Satsivi - dinde marinée dans une sauce aux noix - ...

mais aussi : caviar frais, caviar pressé accompagné de blinis à la crème, esturgeon fumé, saumon froid, balyk - cochon de lait au raifort -, petits pâtés chauds à la viande, au choux, au poisson... - Divers bortsch blancs et rouges servis chauds et froids, accompagnés de la fameuse crème aigre - Rillettes de hareng de la mer noire accompagné de khatchapouri, le célèbre pain plat au fromage cuit dans un four traditionnel.

Puis, comme premier plat, une préparation de « satsivi », dinde qui se déguste froide enrobée d'une sauce aux noix et dont les ingrédients nécessaires à sa préparation étaient arrivés tout droit par wagon spécial d'un express en provenance de Tbilissi, et, en apothéose, le fameux et incontournable « poulet Aragvi », spécialité de la maison toujours servi grillé accompagné de noix et d'ail.

Tous ces mets venant accompagnés de diverses salades au poulet, au poisson, au crabe, à l'oignon et de tous les autre légumes du potager.

Une dizaine de noms de desserts figuraient également sur le menu dont le fameux Baklava dont les couches de pâte qui le forment sont traditionnellement au nombre de trente trois, en référence aux années de vie du Christ ainsi que les chapelets de Tchourtchkhel, ces enfilements de noix trempées dans du jus de raisin et ensuite séchées au soleil.

Pour accompagner le repas, les meilleurs vins blancs et rouges de Georgie arrivés tout droit des vignobles de la Kakhétie, étaient servis entre les successions de toasts à la vodka portés tout le long du repas par les invités pour remercier leurs hôtes et dont les flacons glacés trônaient au milieu des tables.

Gabriella Belozzi n'avait bien entendu pas pu être installée à la table du Capricieux, les obligations professionnelles nécessitant qu'il honore prioritairement en les plaçant à son côté les invités les plus prestigieux ou les plus utiles à la renommée de sa griffe qui n'en était encore à cette époque qu'à ses tous premiers succès.

Le capricieux avait cependant immédiatement repéré la table où se trouvait assise Gabriella Bellozi qui avait revêtu pour l'occasion une robe moulante en soie rouge drapée du couturier Ungaro qui, comme une deuxième peau, mettait en valeur tout ce qu'elle avait décidé d'offrir ce soir là à la vue des autres convives. Tout en répondant aux propos admiratifs convenus en pareille circonstance avec les invités placés à sa table, Le capricieux n'avait eu, pendant tout le diner, d'yeux que pour elle...

Une heure et demie plus tard, le diner terminé, la majorité des invités se dirigèrent vers Le capricieux pour le remercier et le féliciter à nouveau pour cette journée mémorable, mais avant tout pour prendre congé, la plupart reprenant un avion tôt le lendemain matin.

Gabriella Bellozi, qui, elle, résidait à Moscou, s'était légèrement et discrètement attardée, en tous les cas suffisamment pour que Le capricieux la rejoigne et trouve un prétexte quelconque pour échanger quelques mots avec elle. Avant même que celui-ci n'ait eu le temps d'ouvrir la bouche, ce fût elle qui la première rompit le silence pour le remercier de cette extraordinaire invitation et lui demander de sa voix féline une faveur : pourrait-il trouver le temps de lui accorder un interview pour son journal avant son retour à Paris prévu le surlendemain comme les journaux l'avaient annoncé ?

Le capricieux, voyant là une occasion de se trouver en tête à tête avec cette femme qui l'avait séduite dès le premier instant, accepta et rendez-vous fût pris pour le lendemain dix-huit heures dans la suite présidentielle de l'hôtel Métropol que les autorités russes avaient mise à la disposition du Capricieux pendant son séjour.

XXX

Elle était arrivée à l'heure et l'interview s'était passé d'une manière on ne peut plus classique : les questions avaient porté sur l'histoire de la griffe, le rachat à Bernard Arnault quelques années auparavant, le choix de Duccio Carpi et le tandem exceptionnel qu'ils avaient constitué dès le début et qui n'avait d'égal que celui formé depuis plus de vingt ans par d'Yves Saint Laurent et Pierre Bergé, les trésors de diplomatie qu'il avait fallu déployer pour arriver à persuader les autorités russes de faire défiler ses modèles sur la Place Rouge, et autres anecdotes ayant jalonné la saga de sa célèbre griffe...

Pendant tout l'interview, Gabriella n'avait cessé, tout en posant ses questions d'une manière très professionnelle et très directe, et ceci n'avait bien entendu pas échappé au

Capricieux, de caresser imperceptiblement du regard et de la voix, son hôte.

XXX

Le capricieux, toujours assis sur son fauteuil devant les photos étalées sur son lit, avait conservé ses yeux clos et, toujours en souriant, continuait de faire revivre dans son souvenir les détails de cette journée si particulière : il se rappelait comment il l'avait ensuite invitée à prendre un verre dans le salon attenant à celui où s'était déroulé l'interview, comment ils avaient au bout de quelques verres, commencé sans même s'en apercevoir, à aborder des sujets plus personnels. Le capricieux d'ordinaire ne se confiait jamais, il était totalement muet sur sa vie privée, et était notoirement reconnu comme étant moins que bavard. Il ne sût pas, sur le moment expliquer le pourquoi de la chose, mais il crût ressentir ce soir là le besoin de se livrer et, dans le désordre, il lui avait raconté sa jeunesse, son accident de parachute, sa volonté de ne rien changer ensuite à sa vie et de maintenir intacte son ambition de réussite, son désir de faire de Seize718 la première griffe de la planète, son amour de la vie, des femmes, son incroyable soulagement quand il s'était aperçu que son accident n'avait pas altéré les ressorts de sa sexualité... quant à elle, qui visiblement semblait émue de ces confidences spontanées, elle lui avait décrit, mais plus succinctement, sa triste jeunesse à Naples, son envie de réussite, sa montée à Milan, son embauche à Modissima Moda, sa nomination à Moscou mais sans lui relater les circonstances qui avaient conduit à cette affectation, et elle rajouta pour terminer, sa quête jusqu'ici restée infructueuse de l'homme avec lequel elle pourrait partager les futures méandres, dont seul Dieu avait connaissance, de son existence, existence qu'elle avait jugé jusqu'ici sans grand intérêt sur le plan sentimental...

C'en était trop pour le Capricieux qui, déjà totalement séduit depuis le diner de l'a veille, était désormais en proie à un irrépressible désir de la prendre dans ses bras. Sans détour, il lui avoua cette soif d'elle qui le taraudait depuis qu'il l'avait vue la première fois et comme elle ne protesta pas, et même sembla acquiescer du regard, il lui posa sans attendre la rituelle et douloureuse question qu'il posait toujours aux femmes arrivées à ce stade d'intimité, de la gène qu'elle pourrait ressentir à faire l'amour avec un infirme.

Pour toute réponse, Gabriella s'approcha du fauteuil du Capricieux, et tout en ne le quittant pas des yeux, se mit lentement à genoux face à lui et entreprit avec des gestes délicats de lui dégrafer tout doucement la ceinture de son pantalon...

DU MARDI 9 AU
DIMANCHE 14 JUILLET 1988

PARIS

Comme prévu, Le capricieux était rentré à Paris le lendemain et pour la première fois de sa vie, il eût du mal lors de la réunion stratégique hebdomadaire du mardi matin avec ses Directeurs, à rester concentré à cent pour cent et à donner, comme à son habitude, suite à leurs exposés, les instructions claires et précises qu'il distillait à chacun au fur et à mesure tout en n'omettant jamais de les mettre en perspective avec sa vision à long terme.

Retourné dans son bureau, la première chose qu'il fit, une fois installé, fût de composer lui-même un numéro de téléphone, ce qu'il ne faisait jamais sans passer par son secrétariat. À l'autre bout du fil, il entendit la voix chaude de Gabriella, qui lui avait donné les coordonnées de sa ligne directe, lui répondre.

Il ne se rappelait plus exactement les mots qu'il avait prononcés pour lui faire part du merveilleux souvenir qu'il gardait de leur rencontre et de leur nuit passée ensemble, du manque qu'il ressentait déjà de son absence, du furieux désir qu'il avait de la revoir et du souhait ardent qu'il formulait qu'elle vienne passer le prochain week-end à Paris. Il avait ajouté pour parer à toute hésitation, qu'il lui enverrait vendredi soir son jet privé et lui promit, pour conclure, qu'elle serait de retour à Moscou lundi matin.

Gabriella qui n'avait pas encore formulé une quelconque phrase en dehors d'un : « Allo, ah ! C'est vous ? Quelle bonne surprise, comment allez-vous ? » répondit sans aucune hésitation qu'elle acceptait avec plaisir et entreprit de noter les instructions que lui dictait Le capricieux à l'autre bout du fil, pour se rendre au rendez-vous de vendredi soir à Moscou Vnukovo, l'aéroport dédié aux jets privés.

Ce vendredi soir, il l'avait attendue lui-même accompagné de son fidèle Sylvain, dans un salon privé du Bourget. La voyant arriver se dirigeant gracieusement vers lui, son cœur s'était remis à battre au même rythme accéléré que celui de la semaine passée à Moscou. En pénétrant dans le salon, enveloppée dans un vison couleur prune, elle lui avait souri, et lui avait spontanément, dans un geste qui surprit Le capricieux, pris doucement la main et, dans le même mouvement, s'était lentement inclinée vers le fauteuil pour la porter à ses lèvres. Gabriella et Le capricieux, poussé par Sylvain, tous deux main dans la main, ils se dirigèrent vers la grande et spacieuse Jaguar stationnée devant la porte du salon. Une fois installés, Le capricieux demanda à Gabriella si elle souhaitait manger quelque chose car il était dix heures du soir. Comme elle lui répondit qu'elle avait une faim de loup, il demanda à Sylvain de les conduire au Bar des Théâtres, désormais un des seuls restaurants « corrects » à Paris qui servait jusqu'à minuit. Après avoir téléphoné à Jean, le maître d'hôtel pour qu'il lui réserve sa table habituelle, la plus discrète, en arrière de la salle principale, il se tourna vers Gabriella et, chose rare en ce qui le concernait, se surprit à lui adresser un sourire qui, pour une fois, n'était pas de commande !

Le diner des retrouvailles fût des plus conventionnels concernant le menu : il s'effectua autour de deux steaks tartares, frites, la spécialité du lieu, arrosé d'une bouteille de Château Talbot 1961, mais des plus passionné concernant leurs échanges. Ils parlèrent de tout et de rien : de la Mode et des maisons de Haute Couture bien sur ainsi que de la performance des différentes griffes françaises où l'activité de création, quels que soient ses débouchés, domine tout comparées aux griffes italiennes et américaines plus performantes en terme de volume des ventes et de couverture territoriale, deux pays où les contraintes de la production et du marché l'emportent le plus souvent sur la priorité donnée au génie créatif. Ils parlèrent aussi de Paris que Le capricieux considérait comme la plus belle ville du monde et que Gabriella connaissait très mal, ils échangèrent sur les merveilles d'Art et d'architecture que renfermaient des villes comme Florence, Rome, et Venise, villes italiennes à nulle autres pareilles, qu'elle connaissait très bien et lui très peu. Et puis, comme il arrive presque toujours en pareille circonstance où une sorte de parenthèse enchantée s'ouvre devant deux êtres qui se sentent mystérieusement attirés l'un vers l'autre, ils reparlèrent d'eux-mêmes et de leurs cheminements respectifs et retrouvèrent dans ces instants précieux, la même communion de pensée qui s'était établie il y avait tout juste une semaine dans la suite présidentielle de l'hôtel Métropol de Moscou.

Le diner terminé, et une fois remontés en voiture, Sylvain fila vers le rond point des Champs Elysées en direction de la place de la Concorde, remonta le rue Royale jusqu'à la rue Saint Honoré, prit à gauche vers la Place Vendôme et arrêta quelques instants plus tard le véhicule devant la porte de l'hôtel Ritz. Après être sorti, il déplia la chaise du capricieux comme d'habitude logée dans le coffre et aida son patron à sortir et à s'installer. Une fois entrés, ils se dirigèrent tous trois, accompagné du garçon d'étage vers les ascenseurs qui les menèrent au troisième étage où était située la suite Coco Chanel que celle-ci avait occupée sans interruption de 1954 jusqu'à sa mort en 1971 et que Le capricieux louait quasiment à l'année pour abriter ses escapades nocturnes, le plus souvent avec des prostituées de luxe.

Le garçon d'étage ouvrit la porte avant de s'effacer pour laisser entrer Sylvain afin qu'il roule le fauteuil du Capricieux jusqu'au milieu du salon. Ce dernier remercia son garde du corps et lui demanda de venir les chercher lundi matin à six heures pour les mener au Bourget où Gabriella devait prendre son vol de retour pour Moscou.

XXX

Devant le dossier ouvert, Le capricieux se remémorait ces deux jours de temps suspendu...

Ils n'étaient pas sortis de la chambre jusqu'au lundi matin et, mis à part les deux séances quotidiennes de massage suivies de la douche que son kiné personnel lui avait prodiguées, ils ne s'étaient pas quittés.

Ce qui avait, tout au long du week-end, le plus perturbé et ému à la fois Le capricieux tenait au comportement de Gabriella qui avait tout de suite agi envers lui avec pudeur, habileté et tact. On aurait dit qu'elle avait déjà été confrontée aux contraintes permanentes que nécessitent une infirmité comme la sienne, car, apparemment, rien ne semblait la gêner ni être un obstacle à leur intimité. Elle avait même d'une manière on ne peut plus naturelle aidé Le capricieux dans le tâche ingrate de lui faire effectuer ses besoins dans les récipients adéquates tant et si bien que cette obligation naturelle qui, dans son état, était généralement considérée comme dégradante était devenue, grâce à la délicatesse discrète de Gabriella, tout aussi évidente et spontanée que chez un valide. Ils avaient fait matin, midi et soir de merveilleuses dinettes surprises que le chef du Ritz leur avait préparées en proposant des thématiques différentes pour chaque repas toujours arrosées de champagne, vodka ou grands crus de bordeaux : déjeuner libanais, diner japonais, diner russe, sans oublier le fabuleux brunch du dimanche que par exception ils avaient pris tous deux dans les salons de l'Espadon où Gabriella avait pu admirer l'immense ciel en trompe l'œil de cette salle mythique.

Puis du haut de la terrasse de l'hôtel, ils avaient, comme des enfants, lancé des oh! et des ah ! pour saluer les fusées multicolores du feu d'artifice du 14 juillet tiré à partir du champ de Mars.

Le dimanche soir, Le capricieux était certain d'avoir compris deux choses : la première était que pour la première fois de sa vie, il ressentait pour quelqu'un un élan très spécifique que chez les autres êtres de son espèce on désigne par le terme de passion amoureuse et la deuxième était que Gabriella pouvait à coup sur lui être d'une grande utilité dans sa volonté de faire de Seize718 la première griffe du monde. En effet, il l'avait rachetée il y a avait tout juste trois ans et il sentait bien que pour pénétrer et conquérir ce milieu de la mode si particulier, il lui fallait encore être conseillé, en dehors de Duccio pour la partie artistique, par des professionnels du secteur en question. Gabriella qui travaillait avec succès au sein d'une revue de mode internationalement réputée, lui semblait être la candidate idéale. Sa conclusion était donc simple, il se devait de l'embaucher comme patronne de son bureau d'attachés de presse et, ainsi, d'une manière qui ne pourrait pas éveiller les soupçons, il l'aurait toujours également près de lui...

Lors du diner d'adieu, il lui fît la proposition qu'il avait en tête et lui demanda d'y réfléchir en rajoutant que si elle refusait, il ne savait pas comment il pourrait désormais se passer d'elle, et que, se connaissant bien, il ne s'avouerait certainement pas battu et reviendrait sans cesse à la charge jusqu'à ce qu'elle finisse par accepter.

Gabriella demanda un délai de réflexion d'une semaine, le remercia pour sa confiance et lui avoua en lui
prenant la main, l'attirance qu'elle ressentait également
pour lui depuis leur première rencontre à Moscou.

*Sans plus d'explications, le diner étant terminé, elle
le conduisit elle même vers la chambre, l'aida à se désha-
biller et à se mettre au lit, puis, après l'avoir positionné sur
le dos et s'être mise entièrement nue, elle monta sur le lit,
se mit à genoux, positionna ses deux jambes de chaque
côtés de son bassin et entreprit de le chevaucher avec len-
teur et application.*

JEUDI 7 JUILLET 2011, 8H00

PARIS

Adrien Lemarchand avait très mal dormi, une tasse de café à la main, il repassait en revue l'étrange entrevue dans le salon du bas avec son père, et, chose rarissime, en présence de sa mère. Il était tout de suite remonté à son étage -tout le deuxième niveau de l'hôtel lui était dévolu- et, ayant pénétré dans le première pièce qui lui servait de salon de réception lorsqu'il invitait quelques amis pour des diners intimes, il s'était dirigé vers le grand bar qui trônait contre le mur face à l'entrée et s'était servi un verre d'un whisky hors d'âge qu'il affectionnait tout particulièrement et qu'il dégustait toujours sans eau et sans glaçons, puis il était allé s'asseoir sur une gigantesque chauffeuse et s'était mis à réfléchir.

Egoïstement, il espérait bien que la suite des évènements dont lui avait parlé son père il y a de cela quelques minutes, n'interfèreraient pas avec la poursuite de sa carrière. Cela faisait maintenant dix ans que son PDG de papa, tout en lui ayant fait une place de vice-président au conseil d'administration de Seize718, lui avait confié la direction de la stratégie et du marketing. Il était d'ailleurs entendu entre eux, que dans cinq ans, lorsque son père aurait soixante ans, il lui confierait la totalité des rênes de ses affaires.

Adrien était bien le fils du Capricieux, comme ce dernier il avait fait polytechnique et Harvard et comme ce dernier avant son accident, il pratiquait toutes sortes de disciplines sportives notamment le ski, le tennis, le golf et la voile et avait même fait partie de l'équipe de France d'aviron pour l'épreuve du quatre sans barreur lors des jeux Olympiques d'Atlanta de 1996 alors qu'il venait d'avoir 18 ans. Il n'avait malheureusement pas été sélectionné pour la finale mais avait tout de même fêté comme il se doit la médaille d'argent de son équipe battue pour trente sept petites secondes par l'équipe d'Australie.

Grand, athlétique, les cheveux blonds coupés ras, yeux bleus d'azur, Adrien possédait en complément un regard curieux et malicieux qu'il mettait au service d'un large sourire qui s'ouvrait sur une dentition parfaite. Ces deux attributs dont il savait jouer à l'occasion lui avaient permis bien des fois de marquer son avantage dans une discussion en renversant les arguments de ses collaborateurs d'un sourire de la bouche et des yeux ou bien dans un tout autre domaine de conclure une approche de séduction sur une proie féminine.

Adrien possédait les qualités d'intelligence et d'ardeur au travail de son père mais concernant les traits dominants de sa personnalité, il était l'exact contraire du Capricieux : il était communicatif là où Le capricieux était secret, il était le plus souvent de bonne humeur là où Le capricieux était en permanence atrabilaire, et surtout il était chaleureux là où Le capricieux était considéré par tous comme un être froid et sans aucun affect. Mais cette opposition de leur caractère intime n'avait pas empêché qu'entre les deux hommes se soit construit petit à petit une sorte d'étroite connivence qui faisait que leur complémentarité était ressentie comme un atout dans la conduite des diverses sociétés dont ils étaient propriétaires.

Adrien aimait et admirait son père et Le capricieux était certain qu'Adrien, le jour venu, serait tout à fait à même de lui succéder et, bien que dans un tout autre style, de faire encore prospérer son empire.

Adrien était fier du travail accompli. En étroit accord avec Duccio Carpi qui lui avait appris toutes les ficelles du métier, ils avaient repris et adapté au gout du jour les fondamentaux de ce qui avait fait le succès de la griffe dans les années d'avant guerre. Ils avaient relancé l'activité de la Haute Couture de manière à faire retomber en pluie sur les autres activités l'aura et le prestige de la désormais célébrissime griffe et surtout avaient repris dans les boutiques situées aux quatre coins du monde, la recette qui avait fait le succès de celle que Nina avait ouverte rue du Faubourg Saint Honoré le 15 décembre 1928 : trois niveaux de vente : accessoires, cadeaux et épicerie fine au rez-de-chaussée, salons couture et prêt à porter au premier et restaurant russe-boite de nuit au deuxième. Tout le personnel était habillé en costume traditionnel et les clients étaient, dès la porte d'entrée franchie, baignés dans une atmosphère ultra luxueuse dont la décoration, sans aucune faute de goût avait été conçue par le célèbre décorateur et ami des grands de ce monde, Alexandre Serebriakoff.

Cette affaire tombait tout de même assez mal. Dimanche prochain il allait avoir trente quatre ans et il se faisait à l'avance une joie de fêter l'évènement au Ritz en tête à tête avec Marianne, sa nouvelle compagne, une superbe mannequin suédoise avec laquelle il s'envoyait en l'air avec bonheur depuis maintenant six mois. Il était prévu de diner à l'Espadon puis de passer la nuit dans la fameuse « suite 33 » où son père avait, depuis des années, l'habitude d'emmener ses maîtresses mais que, ce soir là, Adrien avait décidé de louer pour eux deux.

Avant de se mettre au lit, Adrien avait conclu ses réflexions en se disant qu'en dépit de la désagréable entrevue avec son père de tout à l'heure, il était toutefois bien décidé à profiter à plein de cette soirée... on verrait ensuite pour le reste !

LUNDI 18 JUILLET 1988

Le capricieux avait dès le lundi matin envoyé un projet de contrat de travail à Gabriella et il se souvenait que les jours qui suivirent, dans l'attente de sa réponse lui étaient parus interminables. Non seulement il avait perdu l'appétit mais de plus, il était devenu encore plus cassant qu'à l'habitude envers son entourage, aussi bien familial que professionnel.

Le vendredi suivant, il reçût sur son téléphone personnel la réponse tant attendue : c'était oui ! Elle avait annoncé à son Patron sa démission de son poste à Moscou et s'était entendue avec lui pour qu'elle n'effectue qu'un préavis minimum. Elle avait également proposé à sa direction que sa succession soit dévolue à son assistante qu'elle jugeait très efficace et qui, atout non négligeable, parlait couramment russe, ce qui fût accepté. Elle arriverait donc à Paris dans exactement un mois et demanda au Capricieux qu'il essaye de lui trouver une location proche de son futur bureau. Elle lui annonça également qu'elle lui avait renvoyé ce matin même, signé, son contrat de travail.

Le Capricieux se rappelait avec délice le détail de ces deux années où il avait filé le parfait amour avec celle qui aujourd'hui, il en était quasiment certain, mais sans comprendre vraiment pourquoi, s'obstinait à vouloir l'effrayer.

Il l'avait tout d'abord installée dans son nouveau domicile, un très luxueux appartement haussmannien de cent vingt mètres carrés qu'il avait fait entièrement meubler et décorer, de plus, situé avenue Georges V, à deux cents mètres du siège de Seize718. Il l'avait ensuite présentée à tous ses collaborateurs au cours d'un conseil de Direction, puis, l'avait instantanément mise entre les mains de Duccio pour que celui-ci lui insuffle les éléments essentiels de ce qui constitue « l'esprit maison ».

Elle avait très vite intégré les leçons du « maître » et était ainsi rapidement devenue la porte parole efficace et reconnue de la griffe Seize718.

Le soir, ils se retrouvaient dans l'appartement de l'avenue Georges V ou bien, pour changer, une ou deux fois par mois, dans la suite Coco Chanel du Ritz. Quelque fois même, après leur journée de travail, lorsque tout le personnel était parti, ils faisaient l'amour dans son bureau sur le grand canapé lit qu'il avait fait installer dès son arrivée dans le société de manière à pouvoir s'étendre pendant ses séances quotidiennes de rééducation.

Pendant cette période, sachant parfaitement s'analyser, Le capricieux avait parfaitement pris conscience qu'il travaillait moins et il sentait bien que ses plus proches collaborateurs l'avaient également remarqué. Alors même qu'il venait de quitter les bras de sa maîtresse, il ne pouvait s'empêcher de continuer à penser à elle, y compris lors des comités du matin et laissant son esprit vagabonder, il donnait à son entourage, il le savait et il l'assumait, l'impression d'être à demi absent. Il sentait bien qu'il ne se contrôlait plus comme avant, s'étant même mis à se servir un verre de whisky en pleine journée entre deux réunions et ayant également commencé à fumer, deux addictions qui allaient contre ses sacro saints principes d'hygiène de vie où aucun excitant artificiel n'était jamais venu entraver la belle mécanique de son cerveau.

Il se souvenait que les Directeurs de divisions de la griffe, ceux avec lequel il travaillait presque quotidiennement, avaient très précisément détecté la cause réelle de ce changement d'attitude, et en particulier, ceux qui étaient le plus proche de lui, souvent anciens collaborateurs de son père. Ils l'avaient avec des trésors de diplomatie pour certains et un manque total de tact pour d'autres, mis en garde. Mais à cette époque il ne souhaitait écouter personne et avait décidé de continuer, pour la première fois de son existence, à mener sa vie comme il l'entendait, c'est à dire en privilégiant avant toutes choses son aventure amoureuse, et ce, au détriment de tout le reste.

Plus rien ne semblait l'affecter, il s'était même surpris à rire aux éclats en pleine réunion en entendant un de ses Directeurs faire un lapsus involontaire pendant un exposé...

Enfin, son handicap ne comptait plus : il se sentait à nouveau valide !

La vie de Fiodor Lemarchand dit Le capricieux était redevenue belle !

JEUDI 7 JUILLET 2011, 8H30

PARIS

Le préfet de Police François Fresson s'était tout de suite inquiété de la teneur du coup de fil de Fiodor Lemarchand. Il connaissait bien l'homme pour l'avoir côtoyé quotidiennement sur les bancs de Polytechnique puis ensuite, rencontré professionnellement ou amicalement dans bien des occasions, mais, malgré la position éminente qu'il occupait, il le craignait. Il savait d'autre part pertinemment que la retenue légendaire de ce personnage quasi public concernant sa vie privée et la répulsion que lui causait toute publicité sur son nom ou sur ses proches, lui interdisait de le solliciter pour une peccadille.

Fiodor Lemarchand étant une personnalité de tout premier plan connue et reconnue mondialement, il fallait faire vite, le plus discrètement possible et surtout donner une réponse satisfaisante à cet étrange succession d'évènements qui pouvaient à priori être classés dans la catégorie des farces macabres. Mais dans quel but, là était la question à résoudre ?

François Fresson avait tout de suite demandé à son directeur de cabinet de diligenter une enquête urgente sur de possibles disparitions de fœtus dans les hôpitaux parisiens en faisant remonter la recherche à un an. Il avait également réclamé tous les rapports de police des douze derniers mois sur l'ensemble du territoire faisant état d'incidents ou de délits liés à des fœtus. Il savait que tous les ans on retrouvait un certain nombre d'embryons humains congelés dans les réfrigérateurs de couples dont la femme ou le mari, pour des raisons diverses, prenaient la décision de conserver celui-ci suite à une fausse couche ou à un avortement clandestin effectué à domicile. Nul ne comprenait jamais pourquoi ceux-ci et notamment la mère, au lieu de se débarrasser purement et simplement de ce petit tas de chair sans vie, avaient la curieuse et dangereuse idée, car il s'agissait bel et bien d'un délit pénal, de le « stocker » dans le compartiment congélateur de leur frigo !

Trois heures plus tard, un petit bristol brun fût délicatement déposé sur son bureau par son Directeur de cabinet visiblement gêné. Il y était indiqué que trois vols de fœtus avaient été signalés ces douze derniers mois au Musée Dupuytren. Il était également indiqué que le dernier en date avait été constaté le lundi 4 juillet, que les deux premiers vols avaient été classés sans suite et que le troisième était en cours d'investigation auprès du commissariat du 6ème arrondissement, le commissaire Jacques Pringent étant en charge du dossier.

Les différentes réactions de Fresson s'enchaînèrent à la vitesse de l'éclair : tout d'abord il se mit à éclater de rire devant l'énormité de ce qu'il était en train de découvrir, puis il se mit sans aucune transition à hurler en direction de son interlocuteur qui, terrorisé, aurait bien voulu disparaitre sous le tapis des gobelins du bureau : comment avait-on pu laisser classer une affaire pareille avant d'avoir même, ne serait-ce que tenté, de pincer le malade mental auteur de ces vols, ce qui aurait probablement évité le déplaisant coup de fil de Fiodor Lemarchand de ce matin ?

Il agrippa alors son téléphone intérieur qui le mettait en relation avec tous les commissariats de la capitale et aboya un ordre : qu'on lui passe immédiatement le commissaire Jacques Pringent.

JEUDI 7 JUILLET 2011, 14H

PARIS

Le coup de fil du Préfet Fresson avait été tout sauf agréable et résonnait encore dans les tympans de Pringent. Il avait pris un premier savon au téléphone, mais son interlocuteur était au bout du fil dans une telle rage qu'heureusement il n'avait pas tout saisi. Le deuxième savon fût pris dans le bureau du Directeur qui l'avait convoqué pour le matin même. C'était la première fois qu'il pénétrait dans le saint des saints et ce n'était pas, hélas, pour s'entendre annoncer qu'il était sur les listes de la prochaine promotion de la Légion d'honneur.

— Vous êtes un Jean foutre, lui avait lancé d'emblée François Fresson, je me trouve à cause de votre légèreté embarqué dans la résolution d'une affaire dont la victime se trouve être un des plus importants et puissants industriels de la République. Etes-vous seulement conscient que cette histoire dont le point de départ a pu ressembler à un canular de potache prend aujourd'hui, après ce que j'ai entendu ce matin, une toute autre dimension ?

Pringent qui ne comprenait absolument pas les allusions de son Patron, se contenta de balbutier quelques vagues excuses et attendit la suite avec angoisse.

— J'ai appris que vous étiez sur les rangs pour passer divisionnaire, eh bien mon ami, il va encore falloir faire vos preuves et la première des étapes à franchir sera de me débrouiller dans l'urgence cette affaire qui pue !

Puis le Préfet se mit en deux mots à raconter à Pringent ce qui était arrivé à Fiodor Lemarchand ces derniers mois. Pringent comprit aussitôt et justifia dans son for intérieur la colère du Préfet : il avait été léger et il le payait aujourd'hui !

François Fresson lui donna carte blanche et lui fournit les coordonnées de Fiodor Lemarchand afin qu'il se mette en relation avec lui dans l'heure, ce dernier souhaitant voir un inspecteur de police chez lui dans la journée.

Jacques prit congé, estima s'en être au final pas trop mal tiré et se dit en lui-même que ce Fiodor Lemarchand dont il avait bien entendu souvent entendu parler mais qu'il n'avait jamais ni vu ni rencontré, devait être un personnage encore plus puissant que ce que l'on rapportait dans les magazines si l'on en jugeait par la colère quasi hystérique à laquelle il venait d'assister...

XXX

Deux heures plus tard, Pringent était assis sur un petit canapé dans le salon d'attente de l'hôtel particulier des Lemarchand. Le coup de téléphone avec ce dernier avait été glacial et après des échanges de politesse réduits à leur plus strict minimum, il fût convenu d'un rendez-vous à dix-huit heures chez lui.

Pringent fût presque aussitôt introduit dans une grande pièce du premier étage par un valet de chambre dont l'efficacité et la prestance lui rappelait Désiré, ce héros improbable du célèbre film de Sacha Guitry, rôle qu'il avait lui-même incarné deux ans auparavant au sein de sa compagnie, et qui se disant fils, petit-fils et arrière-petit-fils de domestique laissait entendre qu'il éprouvait à obéir et à servir une véritable volupté.

L'endroit où se trouvait désormais Pringent, que « Désiré » avait laissé seul sans que celui-ci ne lui propose même de s'asseoir, le gratifiant simplement d'un « Monsieur ne va pas tarder » était visiblement le bureau du propriétaire des lieux. Dans la pénombre de cette immense pièce à peine éclairée, Pringent crût se retrouver dans le bureau du Président de la République à l'Elysée qu'il avait fait visiter à sa mère l'an dernier lors des journées du patrimoine, celle-ci voulant absolument découvrir le lieu où travaillait son Dieu : Nicolas Sarkozy.

Face à la porte par laquelle Pringent avait été introduit, et devant une large baie vitrée occultée par une paire de rideaux damassés, trônait un somptueux bureau, apparemment un joyau d'ébénisterie Louis XV, en bois de rose et de violette avec de riches bronzes dorés aux quatre angles. Sur le plateau recouvert d'un cuir rouge n'était visible qu'un large sous main recouvert d'une feuille d'un buvard blanc immaculé, un écritoire en laque de style art déco et une lampe bouillotte dont les trois petites ampoules étaient allumées, d'ailleurs nota Pringent, le seul éclairage de la pièce. Deux petits canapés de cuir beige étaient placés le long des deux cloisons qui encadraient le bureau, deux tables basse, une grande armoire plaquée contre le mur qui faisait face au bureau, une table ronde de réunion en marbre garnie de six chaises design mais dont l'assise semblait confortable et sur les murs plusieurs tableaux de grands maîtres impressionnistes dont chacun devait couter plusieurs dizaines de millions d'euros.

Pringent ayant terminé son examen des lieux, il se dirigea vers un des canapés pour attendre à l'instant même où une petite porte masquée intégrée dans l'armoire qu'il avait déjà remarquée, s'ouvrit pour laisser passer le fauteuil roulant du propriétaire des lieux que celui-ci manœuvrait seul.

Sans un mot l'homme se dirigea vers son bureau, fit actionner un levier pour que son fauteuil arrive à la bonne hauteur et ce n'est qu'à ce moment là seulement qu'il s'adressa à Pringent :

— Je suis content de vous voir Monsieur le Commissaire, asseyez-vous et discutons, dit-il d'une voix à peine audible en lui montrant un des fauteuils placé devant son bureau.

Le capricieux se mit alors à raconter dans le détail à son interlocuteur les circonstances au cours desquelles un être dont il ne pouvait absolument pas cerner l'identité lui avait imposé à trois reprises ces visions d'horreur sans qu'il n'ait une quelconque idée des motivations de celui ou celle qui était à l'origine de ce délit. On avait forcé par trois fois son intimité, les deux premières fois, il n'avait pas songé à avertir la police et avait fait effectuer en interne une enquête qui n'avait rien donné, mais là, c'en était trop, il avait donc appelé son ami Fresson afin que celui-ci l'aide à découvrir et à punir l'auteur de ces scénarios répugnants..

Pringent pensa alors que si lui-même avait été fautif de ne pas mettre toute l'énergie nécessaire pour élucider le mystère de la disparition des fœtus à Dupuytren, le sieur Lemarchand avait réagi exactement de même : quinze partout !

Pringent expliqua alors au Capricieux toujours imperturbable, le lien devenu évident entre les disparitions constatées au musée et leur apparition chez lui : les « objets » du délit mais également les dates correspondaient parfaitement. On savait désormais d'où provenaient les fœtus mais on restait dans un noir total sur le pourquoi de leur atterrissage chez Monsieur Fiodor Lemarchand ainsi que sur l'identité du ou des commanditaires de ces actes diaboliques.

En conclusion de son exposé Pringent demanda alors classiquement au Capricieux s'il avait une vague idée de qui pourrait à ce point l'effrayer. Ce dernier qui jusqu'à présent avait conservé une attitude et un comportement aussi froid qu'un iceberg devint imperceptiblement plus agité et d'une voix soudainement audible il répondit à Pringent :

— Non, bien sur que non, sinon je ne me serai pas permis de déranger le Préfet de police et peut-être même, ajouta-t-il presque en criant, que je me serai alors débrouillé moi-même.

Il termina en regardant droit dans les yeux son interlocuteur :

— Le préfet m'a dit le plus grand bien de vous, je ne doute donc pas que vous allez mettre tout en œuvre pour élucider ce mystère le plus rapidement possible.

Pringent encaissa le simili compliment, dit qu'il allait faire de son mieux, qu'il se permettrait peut-être de le recontacter si au cours de son enquête il pensait devoir obtenir de sa part de nouvelles précisions, puis avant de séparer, Le capricieux ayant décrété que l'entretien semblait terminé, Pringent lui demanda que quelqu'un le conduise vers la piscine afin qu'il puisse inspecter les lieux.

Le capricieux appuya alors sur un bouton situé sur la poignée gauche de son fauteuil et dans la demi-seconde, « Désiré » apparût sur le seuil de la porte et enregistra sans un mot les instructions du Capricieux concernant la demande de Pringent.

Trente minutes plus tard, après avoir fait un examen détaillé de la piscine, Pringent avait déjà tiré une première conclusion : il savait comment le « colis » était entré dans la pièce, en effet, dans la chaufferie de la piscine située dans un local annexe, il avait découvert qu'un petit soupirail qui donnait à l'extérieur du jardin de l'hôtel directement sur le parc Monceau, était entr'ouvert et était suffisamment large pour permettre à un corps humain de se glisser à l'intérieur de la pièce. Se diriger ensuite sans encombre vers la piscine qui, à cette heure de la nuit était forcément déserte pour élaborer la mise en scène macabre n'avait du être qu'un jeu d'enfant.

Pringent téléphona de son portable à la PJ pour que quelqu'un de la police scientifique vienne au plus vite relever empreintes et éventuelles traces ADN sur les bords de la fenêtre ainsi que sur les pourtours de la piscine, et notamment sur le fameux portique.

Rentré directement à son bureau Pringent ne pût s'empêcher de ressentir un malaise suite à son entretien avec Le capricieux. Il sentait confusément que Fiodor Lemarchand ne lui avait pas dit tout ce qu'il savait. Son visible changement d'attitude quand il lui avait demandé s'il soupçonnait quelqu'un l'avait alerté. Pringent était à peu près certain que son interlocuteur avait omis de lui dire quelque chose d'important. D'autre part, comme tout cela ressemblait fortement à une attaque ad hominem sur la personne de Fiodor Lemarchand, Pringent eût l'intuition que ce serait probablement en cherchant dans le passé de cet homme si intriguant qu'il trouverait éventuellement un début d'explication.

Il téléphona dans la foulée aux archives et demanda qu'on lui retrouve ou qu'on lui imprime d'urgence toutes les coupures ou articles de presse concernant Fiodor Lemarchand sur les trente dernières années.

Que l'on travaille toute la nuit si nécessaire, mais il les voulait demain matin première heure sur son bureau !

JEUDI 7 JUILLET 2011, 14:00 p.m.

CHICAGO

En jetant un coup d'œil par le hublot, Bastien aperçut les tours de Chicago. Un verre de Jack Daniel's à la main, il était confortablement installé dans un des huit fauteuils club en cuir pleine fleur du jet de son Patron, un Embraer Lineage 1000 unique en son genre. Le fauteuil trônait au milieu de la cabine au design parfait de cent vingt mètres carrés et qui disposait d'un salon, d'une salle de réunion qui servait à l'occasion de salle à manger, d'une chambre à coucher avec salle de bain grand luxe et sauna. L'appareil pouvait atteindre les 890 km/h en vitesse de croisière grâce à ses deux turboréacteurs Général Electric CF34-10E, ce qui autorisait une autonomie d'environ 8500 km. Grace aux performances de ce petit bijou de luxe et de technologie, Bastien qui était parti de Paris à douze heures allait, compte tenu du décalage horaire, pouvoir atterrir à Chicago le même jour à quatorze heures.

Bastien était content de retrouver la terre ferme, il n'aimait pas l'avion, c'était incontrôlé, il avait pourtant tout essayé pour s'en guérir, et bien qu'il ait voyagé avec son Patron depuis des années dans des conditions de confort

exceptionnelles, rien n'y faisait, c'était, il en était conscient, un point faible, mais sachant parfaitement se contrôler, et n'en ayant jamais parlé à personne, nul n'avait jamais rien deviné de ses angoisses.

Jack Chen, le pilote taïwanais que Le capricieux em-
ployait depuis douze ans, annonça à son passager par le
circuit audio interne un atterrissage dans les cinq minutes,
le temps était beau et la vitesse du vent était quasi nulle. Il
lui indiqua qu'il se garerait en bout de piste et lui confirma
qu'ils atterriraient au O'Hara International Airport -
l'aéroport spécialement dédié aux jets privés - Jack ajouta
qu'une limousine de la compagnie attendrait Bastien au
pied de la passerelle.

Bastien fit un signe à Maureen, l'hôtesse anglaise qui
était assise sur le siège de l'équipage à dix mètres de lui ; il
avait souvent observé lors de précédents déplacements avec
le Boss, que lorsqu'ils étaient à bord ensemble, elle avait
pratiquement eu à chaque fois les honneurs du fameux lit
king size dont l'accès, compte tenu de son handicap, avait
été spécialement adapté par les ingénieurs de chez Embraer.

Bastien avait follement envie de cette splendide
rousse qui n'avait apparemment pas froid aux yeux et qui,
il s'en était rendu compte, n'avait pas protesté de ses
avances. Visiblement, Bastien ne lui était pas non plus indifférent mais bien que les conditions pour conclure auraient été pendant les neuf heures du voyage on ne peut
plus favorables, son aérodromophobie qui le rendait, il le

savait, totalement incapable de baiser dans un avion, l'avait fermement détourné de cette tentation. Bastien avait bien senti la déception de la fille, mais il ne lui avait, bien entendu, pas avoué les réelles motivations de son étrange réserve...

Quand elle s'approcha de lui enveloppée d'un nuage de parfum à forte teneur érotique, il lui demanda tout de go dans quel hôtel elle créchait et promit de la contacter avant le vol de retour vers Paris.

Au pied de la passerelle, la limousine, une Lexus LS noire aux vitres fumées l'attendait comme prévu, le chauffeur, un noir à la tenue impeccable, casquette à la main et qui devait mesurer au moins deux mètres lui ouvrit la porte en lui lançant un « Good evening sir » sonore dans le même temps où Bastien s'engouffrait sans un mot à l'arrière.

Un homme d'une corpulence énorme qui remplissait à lui tout seul les trois cinquièmes du siège arrière de voiture et dont le corps était dominé par une tête faisant penser à celle d'un des frères Rapetou dans Mickey, l'accueillit en lui broyant les phalanges tout en le gratifiant d'un sourire laissant apparaitre des dents aussi nombreuses et blanches qu'un clavier de piano.

— Je m'appelle Franck O'Marteen, je suis agent spécial du FBI et je fais également quelques extras pour des amis. Ton patron m'a cueilli au saut du lit ce matin en me parlant d'une affaire importante à résoudre d'urgence :

« Je t'écoute mon gars, de quoi s'agit-il ? »

JEUDI 7 JUILLET 2011, 18H

PARIS

Assis au volant de sa voiture, l'Homme termina sa boite de vingt chicken McNuggets puis se rinça la bouche au coca zéro. Il s'était garé dans la rue contre le trottoir qui faisait face à la grille d'entrée de l'hôtel particulier qu'il ne quittait pas de yeux. Il avait dormi là toute la nuit. Il avait hier soir, comme prévu, peaufiné sa mise en scène sur le portique après avoir pénétré dans la chaufferie de la piscine depuis le parc Monceau en se glissant au travers du soupirail qu'il avait repéré depuis des semaines. Le plus dur avait été de faire passer par l'ouverture la petite glacière de camping dans laquelle il avait installé confortablement le fœtus sur un lit de glace pilée..

Lundi, il s'était déjà introduit en plein milieu de la nuit dans les lieux pour une dernière répétition. Il s'était alors aperçu que les murs de la piscine étaient décorés avec des mannequins couture portant les maillots de bain récapitulant toutes les collections de Seize718 et avait alors eu l'idée de perfectionner le dispositif qu'il avait initialement imaginé. Il avait donc décidé, le lendemain, de faire des emplettes : d'abord une très grande poupée en chiffon qu'il avait dénichée aux Galeries Lafayette et pour finir une boite de maquillage chez Sephora. Puis, rentré chez lui, il sépara en la découpant la tête de la poupée du reste du corps et s'employa à la maquiller outrancièrement.

Il avait beaucoup hésité sur l'endroit le plus à même de terroriser Le capricieux, mais après avoir bien cogité, il était content de son choix : cette fois-ci, il fallait qu'il comprenne que même chez lui, il n'était pas à l'abri...

C'était la troisième fois en un an qu'il avait déjoué la surveillance de ses sbires, faisant, il en était certain, chaque semestre, monter un peu plus la pression.

Il n'avait eu aucun mal a trouver le domicile du Capricieux, la façade de son hôtel, à défaut de l'intérieur qui gardait tous ses secrets, avait été photographiée dans les magazines du monde entier. Puis, il y a dix-huit mois, il avait commencé à planquer et à accumuler les détails sur la vie et l'entourage familial de celui dont il avait juré la perte.

Depuis une heure du matin où il avait vu rentrer la voiture du Capricieux, il avait pu observer que les lumières étaient restées presque partout allumées une grande partie de la nuit et, tout au long de la journée, il avait observé les allées et venues et avait noté que vers seize heures une berline avec un gyrophare qui clignotait sur son toit était entrée dans la cour. Elle était restée presque une heure puis était repartie gyrophare éteint.

L'Homme se sentait serein, jusque là son plan avait fonctionné on ne peut mieux.

Le deuxième acte serait pour dans quelques jours.

L'Homme aurait donné beaucoup d'argent pour y être déjà et surtout pour voir, à ce moment là, la réaction du Capricieux..

JEUDI 7 JUILLET 2011, 15:00 p.m.

CHICAGO

Dans la limousine qui les conduisait au Peninsula où une chambre lui avait été réservée, Bastien expliquât à Franck dans un anglais parfait - son Patron ayant exigé en l'embauchant qu'il maîtrise parfaitement la langue de Shakespeare, lui avait fait donner des cours par un professeur agrégé pendant toute la première année de leur rencontre - l'objet de sa présence à Chicago. Il termina l'histoire en tendant à son interlocuteur la photo de Gabriella Bellozi.

Ce dernier empoigna la photo qui datait de plus de vingt ans, émit un sifflement admiratif, puis formula un numéro sur son smartphone.

— Salut Mitch, j'ai un truc pour toi à me débrouiller dans la journée : femme, entre quarante cinq et cinquante cinq ans, nom : Gabriella Bellozi, origine italienne, entrée aux States depuis environ vingt à vingt cinq ans, probablement à Chicago, a travaillé en Europe avant cette date dans la presse pour le journal italien Modissima Moda, puis pendant deux ans pour le groupe de couture Seize718, sans nouvelles d'elle depuis 1990. Je t'envoie sa photo par mail. Epluche moi les fichiers de la Social Security Administration et également de la Social Security Administration's Death, on ne sait jamais et interroge également le fichier Mormon.

Bastien apprécia en connaisseur, il savait que le fichier Mormon était probablement le plus complet et le plus fiable au monde.

Une heure plus tard Bastien montait au dix huitième étage du Peninsula et était introduit par le chasseur dans sa junior suite de quatre vingt mètres carrés à sept cents dollars la nuit et dont la vue donnait sur le lac Michigan.

Franck l'avait quitté dans le lobby et lui avait dit avant de partir qu'il le contacterait aussitôt qu'il aurait la moindre nouvelle concernant la fille.

Bastien après avoir rangé les quelques affaires personnelles qu'il avait amené avec lui dans un des nombreux placards de la chambre, fila instantanément prendre une douche. La cabine, baignée dans une lumière tamisée était aussi grande qu'une salle de bain normale et le puissant ruissellement émanant du pommeau grand comme une roue de bicyclette était d'une puissance et d'une précision que Bastien n'avait encore jamais expérimenté. La sensation de bien être était inouïe et Bastien resta une bonne demi-heure sous le jet comme à demi paralysé. Finalement il réussit à s'extirper du bonheur, enfila son peignoir et s'étendit sur son lit pour un petit somme..

La sonnerie de son portable le réveilla en sursaut. Bastien regarda sa montre : il était sept heures du soir. Il avait dormi deux heures !

C'était Franck.

— Bastien, j'ai une piste, un de mes indics rital m'a dit se souvenir de la fille. Il m'a raconté avoir été diner avec des amis il y a quelques années dans un petit restaurant de little italy et avoir été subjugué par le mélange de tristesse et d'efficacité qui émanait de la patronne qui de plus, se rappelait-il, était dotée d'une étrange beauté qui ne laissait personne indifférent. Ils avaient discuté en italien et en veine de confidences, elle lui avait raconté qu'elle était née en Italie et qu'elle était arrivée à Chicago pour rejoindre un ami d'enfance avec lequel elle s'était mis en ménage. Apparemment son compagnon était mort d'un cancer cinq ans auparavant et avec l'argent de l'assurance, elle avait monté cette réplique US de trattoria napolitaine. Le bistrot s'appelle « La Passione de Gabra », habille-toi en vitesse et filons là-bas tout de suite si l'on veut arriver à temps pour diner, il parait que l'on y mange les meilleures pizzas de tout Little Italy.!

Dix minutes après, la limousine démarrait et ne mit pas plus d'une demi heure pour parcourir les cinq miles qui séparaient la Superior Sreet de West Taylor Street où se trouvait la trattoria, cette rue abritant d'ailleurs tous les meilleurs restaurants italiens de la ville. Le chauffeur avait pris le chemin le moins chargé à cette heure pour s'y rendre : celui passant par E Lower Wacker St puis par Chicago kansas City Expy.

La façade ainsi que la vitrine de la « Passione de Gabra » étaient à peine éclairées et cet aspect extérieur tranchait avec les autres enseignes dont les néons scintillaient comme des appels de phare.

Bastien et Jack descendirent de voiture et firent tourner la porte à tambour. La salle où une vingtaine de tables étaient dressées était vide à l'exception d'un couple de porto ricains, à droite de l'entrée, qui entamaient tous deux sans un mot un plat de pates aux lentilles.

Trois employés, dont un s'affairait à nettoyer des verres derrière un gigantesque bar au fond de la salle occupaient l'espace. Le plus âgé avança d'un pas trainant vers les deux hommes et leur indiqua d'un signe de tête accompagné d'un geste circulaire du bras qu'ils pouvaient se placer où ils voulaient.

Ils choisirent une table un peu à l'écart et se mirent à examiner la carte que leur avait tendu l'employé. Ils optèrent pour une pizza, la simplissime Marinara, sauce tomate, ail et origan une astérisque sur la carte montrant que c'était la spécialité de la maison. Jack, qui avait confié à Bastien dans la voiture avoir des grands parents maternels d'origine napolitaine, ajouta que lorsqu'elle est préparée dans les règles de l'art, comme il en gardait le souvenir les dimanches chez sa grand mère, tous les arômes s'y épanouissent à leur juste mesure, et l'on a alors réellement l'impression de croquer un bout d'Italie. Ils commandèrent un Ciro di Calabria pour arroser le plat et se mirent à examiner attentivement la salle.

L'endroit semblait à l'abandon, loin de la description qu'en avait faite l'indic de Jack. La patronne était visiblement absente, mais cela n'expliquait pas l'ambiance de restaurant à la dérive qui se dégageait du lieu. Trois employés chuchotaient entre eux et semblaient tous sous l'emprise de tranquillisants, aucun bruit, aucune musique d'ambiance comme c'est la coutume dans toutes les trattorias de Little Italy. Bref, ça puait à plein nez la faillite !

Le cuistot dont la tête était surmonté de la célèbre toque blanche du pizzaïolo apparût tout à coup sorti d'on ne sait où en sifflotant et s'activa aussitôt. À la manière dont il commença à manipuler la pelle à pizza qu'il avait glissée prestement au fond du four pour y déposer leurs Marinara, Jack déduisit qu'il semblait maitriser son art. C'était jusqu'ici le seul employé qui paraissait à son affaire et qui de plus ne donnait pas de signes visibles de dépression.

Une fois cuites, le cuistot déposa lui-même leurs deux pizzas encore fumantes sur la table, ouvrit la bouteille de vin et leur souhaita un tonitruant « Buon appetito » !

Les pizzas étaient à priori à la hauteur de l'attente de Jack car après avoir précautionneusement découpé la sienne en triangle comme on l'aurait fait pour un gâteau, il ne se donna plus la peine d'articuler une seule parole avant qu'il n'ait rendu son assiette aussi propre que si elle était sortie d'un lave vaisselle. Bastien qui n'était pas un spécialiste apprécia également mais regretta tout de même de ne pas avoir pu commander un bon steak frites.

La bouteille de vin était déjà aux trois quart vide quand Jack fit un signe au serveur qui leur avait indiqué leur table en arrivant et qui semblait être le plus gradé étant le seul à porter une veste blanche.

Jack exhiba sa carte du FBI et demanda à l'homme de s'asseoir.

— Nous voudrions rencontrer Madame Gabriella Bellozi, pourriez-vous nous dire où l'on pourrait la joindre ? commença Jack d'un ton doucereux qui contrastait totalement avec sa corpulence.

— Cimetière de Mount Olivet, je ne me souviens plus du nom de l'allée, mais si vous y allez, le gardien vous indiquera certainement l'endroit, répliqua le vieil homme comme s'il crachait sa réponse.

Jack et surtout Bastien restèrent tout d'abord sans voix.

C'est Bastien qui rompit le silence :

— Tu veux dire qu'elle est morte, mais depuis quand ?

— Voila deux ans que Madame nous a quitté, et depuis, comme vous pouvez vous en apercevoir, ça va de mal en pis, elle était l'âme de la maison, c'est elle qui attirait les clients par sa gentillesse et son talent de maitresse de maison. Aujourd'hui, tout cela est terminé, la fin est proche.

— Quelle a été la cause de sa mort ? questionna Jack.

— Cancer généralisé, ça avait commencé un an plus tôt par un cancer du sein et puis ça s'est propagé partout et elle a disparu en une année et je peux vous dire qu'elle a sacrément souffert dans les derniers temps, la pauvre, répondit-il en écrasant une larme au coin de l'œil.

— Elle n'avait pas de famille pour reprendre l'affaire ?, continua Jack

— Non, aucune, l'homme avec lequel elle vivait était mort depuis des années et c'est avec l'argent de son assurance qu'elle avait monté ensuite ce restaurant qu'elle nous a légué, à nous, son personnel, juste avant de mourir. Nous étions ses seuls amis. Mais sans elle, même si la cuisine est restée la même, les clients, hélas, ne viennent plus.

Jack et Bastien, remercièrent l'homme, finirent leur bouteille de vin sans un mot, demandèrent l'addition, laissèrent un gros pourboire et sortirent pour s'engouffrer dans la limousine qui était stationnée à deux blocks de là.

Bastien remercia Jack, lui annonça qu'il ferait tout de même demain un tour au cimetière pour confirmation et qu'il reprendrait l'avion dans l'après midi pour Paris. Avant cela, il demanda à Jack qu'il vérifie sur les registres de la Social Security Administration's death la notification officielle du décès.

Jack promit de lui apporter la confirmation avant son départ.

Ils prirent congé devant l'hôtel. Bastien déclara au chauffeur qu'il n'avait plus besoin de la voiture ce soir et monta directement dans sa chambre. Une fois entré et après avoir pris une nouvelle douche, il repensa à ce qu'il venait d'apprendre. C'était tout sauf une bonne nouvelle, car si Gabriella Bellozi était bien morte ce dont il aurait la confirmation demain, l'hypothèse de son patron tombait à l'eau. Dans ce cas, qui pouvait avoir organisé toutes ces scènes macabres à Paris, et pour quel motif ? Et quid de ces petits mots de menace énigmatiques laissés sur les fœtus ? Comme le retour s'annonçait difficile, il décida d'attendre demain, après la visite au cimetière pour téléphoner au Capricieux et opta pour s'accorder une petit temps de détente.

Il prit alors son téléphone et formula le numéro de l'hôtel où Maureen lui avait dit qu'elle logeait

VENDREDI 8 JUILLET 2011, 7H

PARIS

Pringent était arrivé dès sept heures au commissariat et en pénétrant dans son bureau, il constata avec plaisir que les gars des archives avaient fait leur boulot : sa table de travail disparaissait littéralement sous une pile d'énormes chemises grises pour la plupart, classées par année et portant toutes comme intitulé Seize718. Un dossier plus petit que les autres et de couleur différente, rouge celui-là, portait comme simple indication « Fiodor Lemarchand ». Pringent examina rapidement le tout et comprît alors que la vie de Fiodor Lemarchand s'étant confondue depuis vingt cinq ans avec celle de ce fleuron du luxe français, il était impossible de dissocier les archives personnelles fort peu nombreuses de celles ou il était présent en tant que Président de Seize718.

Pringent compulsa seul coupures de presse, photos de magazines et reportages jusqu'à treize heures. Tenaillé par la faim, il téléphona au standard afin qu'on lui fasse monter un jambon beurre et un demi et demanda à deux de ses adjoints de le rejoindre dès qu'ils auraient fini leur repas. À quatorze heure, les trois étaient réunis dans le bureau de

Pringent, celui-ci leur demanda alors de classer les archives qu'il avait mis de côté dans le courant de la matinée en trois piles, et affecta à chacun d'eux une pile spécifique.

La première pile concernerait tous les articles consacrés à l'activité professionnelle de Fiodor Lemarchand et à ses démêlées souvent houleuses avec ses concurrents ou même avec les pouvoirs publics car Pringent avait pu remarquer dans sa lecture de ce matin combien d'ennemis Fiodor Lemarchand s'était créés depuis qu'il avait succédé à son père.

La deuxième pile, plus modeste concernerait les articles ou photos consacrées strictement au suivi de sa vie privée et de sa famille, et la troisième pile, de loin la plus imposante en hauteur serait celle où Fiodor Lemarchand et Seize718 ne font qu'un, et celle là, Pringent avait décidé de se la réserver.

Deux heures plus tard, ses deux collaborateurs avaient rendu leur travail et Pringent était encore absorbé par sa tâche. Il n'avait pas tardé à remarquer deux périodes distinctes quant à la présence affichée de Lemarchand dans les manifestations liées à la griffe, avec une rupture très nette en 1990. Entre les années 1988 à 1990, il était constamment présent et photographié dans tout ce qui touchait au développement de la marque, même bien plus que Duccio Carpi pourtant la coqueluche des journalistes, puis, à partir de mi 1990, une extrême discrétion dans les médias, Duccio Carpi tout d'abord puis depuis dix ans son fils

Adrien semblant avoir pris le relai de la représentativité de Seize718 vis-à-vis de la presse mondiale.

Mais ce qui avait intrigué au plus haut point Pringent, concernait la période 1988-1990, pendant ces deux années, il avait remarqué la présence permanente aux côtés de Fiodor Lemarchand et ceci systématiquement dans toutes les soirées et manifestations liées à la griffe, d'une femme qui semblait posséder une grande et étrange beauté, mais surtout un regard et un sourire tout à fait particulier qui, fixés sur l'objectif générait chez elle un parfum de mystère qui transparaissait même au travers de clichés de paparazzis pourtant le plus souvent pris à la va-vite. Cette femme dont le titre officiel de l'époque était : Directrice de la communication et Patronne du bureau de presse de la griffe, était la plupart du temps donnée par les journaux spécialisés comme étant le véritable « bras droit » et éminence grise de Fiodor Lemarchand.

Cette beauté, Gabriella Bellozi, dont Pringent venait de découvrir le nom et la position, avait curieusement disparu des radars au deuxième semestre 1990. Depuis cette époque, elle n'était plus jamais apparue en public avec Lemarchand ou même pour le compte de la griffe.

Et concomitamment, Fiodor Lemarchand lui-même avait décidé de n'apparaître que parcimonieusement dans les médias.

Bien qu'il n'y ait à priori rien d'extraordinaire à ce qu'un patron d'entreprise se sépare d'une de ses employées, le rôle qu'elle semblait avoir joué à l'époque, sa présence constante auprès de Fiodor Lemarchand et puis, il faut bien le reconnaître, la nette sensation qui transparaissait d'une manière on ne peut plus claire à travers toutes les photos, qu'il y avait entre eux une connivence et même probablement beaucoup plus, amenèrent Pringent à décider d'enquêter sans plus attendre sur cette Gabriella Bellozi dont Le capricieux avait omis de lui parler et dont, il en aurait mis sa main au feu, il était amoureux à l'époque...

Qui était vraiment cette femme et quel rôle a-t-elle réellement joué dans sa vie pendant cette époque ?

ANNEES 1960 à 1980

NAPLES, MILAN

Gabriella Bellozi était, depuis toute petite, une grande rêveuse. Sa jeunesse avait été sans histoires. Élevée au cœur d'une cité ouvrière dans le banlieue de Naples avec ses quatre frères et sœurs, elle attendait patiemment de devenir adulte pour pouvoir assouvir ses rêves, car des rêves, Gabriella en avait beaucoup, mais, plus particulièrement deux, prioritaires à ses yeux, et qui la taraudaient nuit et jour depuis qu'elle avait été en âge de comprendre le monde qui l'entourait : tout d'abord, elle voulait à tout prix trouver le moyen de côtoyer les vedettes de la mode ou du cinéma dont chacune des étapes de leurs vies privées et de leur parcours professionnels s'étalaient chaque semaine sur le papier glacé des revues que sa mère et elle dévoraient des yeux, mais par dessus tout, elle voulait sortir de sa condition et devenir aussi riche que tous ces personnages auxquels elle n'avait de cesse de s'identifier. Pour donner un visage accessible pour elle à cette envie, elle était devenue furieusement jalouse de sa camarade d'école Sylvana dont les parents possédaient la plus grosse société de fabrication d'huile d'olive d'Italie et qui était tous les jours déposée à la porte du collège en voiture de luxe, son chauffeur lui ouvrant lui-même, casquette à la main, la portière de ce que Gabriella analysait comme étant un carrosse.

Gabriella ne manquait pas d'atouts : elle était jolie, même très jolie, de plus travailleuse et accrocheuse et concernant ses rapports aux autres, elle s'attirait spontanément la sympathie de tous bien que son principal talent résidait dans sa faculté à semer, d'une manière tout à fait innocente aux yeux des autres, la zizanie parmi ses petites camarades, avec un penchant pour l'intrigue qui, très tôt, devint chez elle une arme redoutable. Elle réussissait ainsi le plus sournoisement du monde à écarter de son entourage au moment le plus opportun, celui ou celle qui la gênait, à opposer constamment ses amies les unes aux autres et à en sortir toujours innocente aux yeux de toutes.

Ses parents, de modestes ouvriers, tous deux ouvriers dans le textile avaient donné à leurs enfants les quelques principes simples qu'on leur avait eux même inculqués dans leur jeunesse et qui ne tenaient, dans cette partie du sud de l'Italie encore très pieuse, que dans le respect des dix commandements. Mais Gabriella, à la différence de ses frères et sœurs était rétive à cette unique éthique de vie qui laissait une place trop importante à la résignation et qu'elle considérait, voulant avant tout sortir de sa condition et profiter de la vie, être contre nature. Elle avait donc très rapidement adopté un comportement insolite qui décontenançait le plus souvent son entourage, et qui mettait du piment dans sa vie en attendant le moment où elle pourrait voler de ses propres ailes : elle se plaisait à tordre gentiment la dure et monotone réalité qui s'imposait à elle dans la vie quotidienne et à inventer des histoires sous forme de petites scénettes qu'elle imposait à ses jeunes camarades, dans le seul but de se positionner seule au centre du jeu ce qui lui permettait d'assouvir en pensée ses rêves les plus secrets.

Plus tard, ses études secondaires finies et qu'elle se fût, à dix-huit ans, émancipée sans aucun regret de la tutelle familiale, elle était tout de suite montée vers le nord de l'Italie et avait mis très rapidement un pied dans le milieu au sein duquel elle souhaitait s'immerger depuis toujours. Pour commencer et en attendant mieux, elle postula à un poste de secrétaire dans un petit journal de mode Milanais où travaillait déjà sa tante à un poste similaire.

L'avantage de Gabriella sur toutes les autres filles qui caressaient le même rêve de réussite, était qu'elle était devenue extrêmement belle, mais d'une beauté étrange, sauvage, presque angoissante, pas le moins du monde classique, d'une beauté qui fascine, hypnotise, anesthésie. Elle était notamment dotée d'une épaisse chevelure brune qu'elle portait le plus souvent en chignon pour souligner l'ovale parfait de son visage. Ses yeux verts et sa bouche étaient démesurément grands si bien que lorsqu'elle vous regardait, on ne pouvait échapper à son œil le plus souvent caressant mais qui pouvait également devenir glacial si une remarque ou un propos déplacé la choquait et lorsqu'elle vous souriait, il était évident que rien ne pouvait lui résister et qu'elle ne désirait qu'une seule chose : vous croquer comme une sucrerie.

Dans les années qui suivirent, toute son énergie fut dépensée dans le seul but de progresser dans le milieu qu'elle s'était choisie depuis toute petite et qui la faisait toujours rêver.

Aidée par cet avantage que la nature lui avait gratuitement et généreusement fourni, Gabriella avait décidé que, pour arriver au plus vite à ses fins, la voie du sexe était le chemin qui lui semblait être le plus adapté. Elle avait, depuis ses débuts à Milan, relativement facilement toujours trouvé le moyen de séduire ses patrons successifs et en avait toujours retiré des avantages en terme de promotion sociale ou mieux encore, en espèces sonnantes et trébuchantes. Au fil des ans, étant également fort astucieuse et douée pour accomplir avec succès les missions successives qu'on lui confiait, elle avait gagné en assurance et en professionnalisme, si bien qu'en 1985, à trente ans, elle avait été embauchée pour occuper un poste de rédactrice au sein du célèbre journal italien « Modissima Moda », dont la réputation était telle que mettre un pied dans ce journal était considéré par tous comme une consécration. Pendant deux ans elle avait travaillé d'arrache pieds, elle avait suivi et commenté toutes les collections des plus grands noms de la mode aussi bien à Milan, qu'à Paris, Londres ou à New-York et, ses critiques avaient toujours été jugées justes et pertinentes par les pontes de la profession, si bien qu'elle avait été nommée, sur recommandation pressante de Mario

Ancellotti, son PDG et dont la famille était également propriétaire du journal, au poste très convoité d'adjointe de la rédactrice en chef.

Mario Ancelloti, son aîné de vingt cinq ans était depuis quelques mois tombé sous le charme de Gabriella et avait entrepris de lui faire une cour de plus en plus assidue. Celle-ci, fidèle à son habitude, fit d'abord semblant de résister et même de protester arguant, entre autres, du fait que ce dernier était marié, mais Mario, qui la pressait constamment et l'assurait d'un amour fou auquel il était prêt à tout sacrifier, y compris son ménage, eût, au bout de quelques mois, raison des réticences toutes calculées de Gabriella, si bien qu'elle finit par céder et devint sa maîtresse.

S'en suivirent huit mois où Mario et Gabriella qui irradiait d'un bonheur simulé, se rejoignaient presque chaque soir lorsqu'elle était à Milan soit à l'hôtel soit chez elle.

Malheureusement pour Gabriella, au bout de la première année de leur liaison et comme très souvent dans les cas similaires, elle commença à entrevoir des difficultés ayant pris, petit à petit, conscience que Mario, bien que sans enfants, ne divorcerait jamais, notamment pour une raison toute simple que celui-ci avait bien entendu caché à Gabriella : les actions de Modissima Moda appartenaient à sa femme et celle-ci s'était soudainement décidée à agir !

La liaison de Mario avec une de ses employées étant pour toute l'entreprise un secret de polichinelle, son épouse pour tenter d'éloigner l'intruse, puisa alors dans un arsenal des plus classiques : elle fit en sorte de susciter des jalousies et se mit à répandre des calomnies à l'encontre de celle qui était en train de lui « voler » son mari et qui risquait si elle n'y prenait pas garde de mettre en péril le journal que son grand père avait créé et que son père, puis elle-même, avaient réussi à porter au sommet de la hiérarchie des mensuels de Mode. Elle fit alors astucieusement courir le bruit, dont elle avait eu connaissance par une indiscrétion, que son mari voulait offrir à Gabriella le poste de rédactrice en chef et lui faire prendre ainsi la place d'Angelina Crespi dont l'exceptionnelle compétence était reconnue par toute la profession. Cette dernière qui, depuis le début se méfiait de Gabriella déjà porteuse au moment de son embauche d'une solide réputation d'intrigante, et qui désormais la détestait pour avoir réussi à envoûter son Patron aussi bien personnellement que professionnellement, fit tout simplement agir les collaborateurs du journal qui s'élevèrent en cœur contre cette prétendue décision qu'ils ressentaient tous comme un véritable scandale et menacèrent alors de faire grève. Mario, dont le courage et la force de caractère n'étaient pas parmi les qualités premières, avait suite à cette pression conjointe de sa femme et du personnel de son entreprise, bien tenté, maladroitement et pendant quelques semaines de trouver des solutions de compromis, mais finalement, il avait cédé sur tout et, à contre cœur avait, d'une part mis fin brutalement à sa liaison avec Gabriella, et d'autre part, avait rapidement exfiltré celle-ci vers leur bureau de Moscou.

Gabriella ne s'était pas méfiée de la rapidité et de la force du coup qu'on lui avait porté, elle qui avait cru que, comme d'habitude, son charme et son astuce lui auraient permis d'obtenir le graal tant convoité, déchantait cruellement. Elle haïssait désormais de toutes ses forces ce couple dont la faiblesse du mari et la sournoiserie de la femme avaient anéanti trois années d'efforts. Mais elle finit par se ressaisir car cette déconvenue qui mettait pour un temps un frein à son ascension, lui fit prendre conscience qu'à l'avenir, si elle voulait continuer à jouer « dans la cour des grands », elle devrait se montrer autrement plus habile, plus réfléchie, voire plus machiavélique.

Cette réflexion personnelle qu'elle se fit après coup se transforma aussitôt pour Gabriella en une ferme résolution.

En poste à Moscou depuis trois mois, le samedi 16 juillet 1988, elle décida de se rendre en début d'après midi sur la place Rouge à l'invitation de la griffe Seize718 rachetée deux ans auparavant par un certain Fiodor Lemarchand dont la famille avait fait fortune dans l'immobilier, afin d'assister à ce défilé couture, qui s'annonçait, d'après ce qui était chuchoté dans toutes les rédactions, grandiose.

VENDREDI 8 JUILLET 2011, 10:00 a.m.

CHICAGO

Bastien ouvrit un œil et en regardant par automatisme son réveil qui marquait déjà huit heures il en déduisit que la fête était finie. Maureen avait rappliqué à onze heures la veille au soir et ils ne s'étaient vraiment endormis tous deux qu'à quatre heures. Bastien était doublement satisfait : cette rousse était bien le super coup qu'il avait imaginé et, cerise sur le gâteau, il n'était pas fâché d'avoir pu sauter une des pépées attitrées du Boss.

Une heure plus tard, une fois douchés et habillés ils avaient fait honneur à ce qui était proposé sur la table roulante du room service qui dépliée avait la dimension d'une table de ping-pong et avaient dans le désordre ingurgité, jus de fruits frais pressés, œufs Bénédict, saumon fumé, jambon serrano, toutes sortes de saucisses de veau, wafles, pancakes, french baguette, thé pour elle et café pour lui.

Au moment de se séparer, ils se donnèrent rendez-vous dans l'avion pour le voyage de retour, probablement dans la journée ajouta Bastien..

Une fois ce dernier dans le lobby, le concierge fit appeler la limousine qui était au garage. Bastien donna au chauffeur l'endroit à atteindre : Le cimetière de Mount Olivet qui était à vingt miles du palace par la I-90 E/I-94 E et S Western Ave.

Une heure plus tard, ils étaient sur place, à l'entrée nord du cimetière. Bastien demanda au chauffeur de l'attendre et s'engouffra dans les allées. Le serveur de la « Passione de Gabra » lui avait finalement retrouvé hier soir les coordonnées de la tombe qu'il repéra au bout de quelques minutes.

C'était une sépulture très modeste : une stèle en marbre gris et une pierre tombale dans un granit de piètre qualité qui fendillait déjà sur les côtés. Seule décoration, un pot de fleurs en béton contenant un bouquet multicolore de chrysanthèmes en plastique qui semblait attendre l'éternité pour commencer à faner. Sur la stèle, une petite plaque en marbre blanc était fixée sur laquelle était gravée une inscription :

Gabriella Bellozi
1955 - 2009
« in memoriam »

en dessous et en plus petit était marqué :
Angelo Napolitano
1953-1999

Donc, l'homme avec lequel elle avait du vivre une dizaine d'années et qui lui avait laissé de quoi monter son restaurant était cet Angelo Napolitano qui reposait ici à côté d'elle. Il demanderait à Jack d'essayer de trouver quelque chose sur le passé de cet homme.

Mais ce qui avait en priorité frappé Bastien concernait l'inscription funéraire sur la tombe de Gabriella Belozzi, cet « *in memoriam* » qui rappelait à Bastien trois fâcheux souvenirs. La coïncidence était trop forte, ces mêmes mots à chaque fois placés en conclusion des menaces anonymes qui accompagnaient l'apparition des fœtus.

D'un côté, dès qu'il aurait une deuxième confirmation de la mort de cette femme après l'appel que Jack devait lui faire, il serait définitivement rassuré sur un point : dans cette hypothèse qui est la plus probable, nous aurons la certitude que Gabriella Bellozi n'était pas à l'origine de cette énigme, d'un autre côté, cette gravure funéraire « *in memoriam* » épaississait encore le mystère, car il semblait bien que, par delà la mort, Gabriella Bellozi poursuivait une sorte de vengeance.

Mais pourquoi vingt ans après ?

Et pour quel motif ?

À cet instant Jack appela pour confirmer la mort de Gabriella, il avait justement sous les yeux le certificat de décès qu'on venait de lui faire parvenir. Bastien lui demanda qu'il fasse également des recherches sur cet Angelo Napolitan, remercia et raccrocha.

Rentré à l'hôtel à midi, il regarda sa montre. Il était cinq heures de l'après midi à Paris, il pouvait maintenant téléphoner à son Patron pour l'informer du résultat de son enquête.

VENDREDI 8 JUILLET 2011, 17H

PARIS

Dans salle de réunion qui jouxtait son bureau de l'avenue George V, entouré de son équipe rapprochée, Le capricieux était en train d'examiner la maquette de la future boutique Seize718 qui devait ouvrir prochainement à Kuala Lumpur.

Elle était prévue gigantesque : mille cinq cent mètres carrés sur les trois traditionnels niveaux. Ce serait, après Paris, le plus grand point de vente de la griffe.

Duccio était emballé, Adrien était enthousiaste, et les trois autres responsables également présents attendaient la réaction du boss pour se prononcer.

Le capricieux était sceptique, le marché malaisien était-il suffisamment mûr pour que l'on puisse rentabiliser pareil investissement ? Déjà, on avait vu trop grand pour Shanghaï, dont pourtant toutes les études de marché indiquaient que ce serait un coup gagnant à cent pour cent. Le capricieux demanda que l'on refasse une nouvelle simulation avec deux cents mètres carrés de moins à chaque étage ce qui réduirait d'environ de trente pour cent les coûts d'exploitation. Adrien était en train de commencer à protester quand la secrétaire du Capricieux vint interrompre la discussion en lui glissant discrètement un petit papier.

Le capricieux s'excusa, roula son fauteuil jusqu'à son bureau dont la secrétaire ferma la porte.

Le capricieux saisit son téléphone et reconnut instantanément la voix familière de Bastien qui appelait depuis Chicago.

VENDREDI 8 JUILLET 2011, 17H

PARIS

Pringent avait remis l'interrogatoire d'Emile Notre-dame à lundi souhaitant se concentrer en priorité sur cette femme, Gabriella Bellozi qui semblait pendant trois ans avoir été la numéro deux de Seize718, inséparable apparemment dans tous les sens du terme de son Patron et qui avait disparu un beau jour de 1990 sans laisser de traces.

Il avait réussi à joindre au téléphone Fiodor Lemarchand qui lui avait accordé un rendez-vous pour demain à midi à son domicile.

Pringent s'était ensuite à nouveau plongé dans les archives de presse pour tenter de déceler d'autres indices qui lui permettraient d'y voir plus clair dans cette affaire.

Au bout d'une heure, il fût frappé par un détail récurrent : à chaque apparition de Fiodor Lemarchand depuis au moins dix ans et pour quelque raison professionnelle ou personnelle que ce soit, était présent, l'accompagnant comme son ombre, un géant dont le regard essayait toujours de fuir la caméra mais qui, malgré ses efforts, ne pouvait pas, compte tenu de sa taille, passer inaperçu. A minima, il faisait à n'en pas douter office de garde du corps.

mais comme sur tous les clichés il se dégageait de leur duo une sorte d'intimité, Jacques fît l'hypothèse que cet homme était pour Fiodor Lemarchand bien plus qu'un simple employé, probablement plutôt son homme « à tout faire » et Jacques imaginait très bien tout le potentiel que pouvait contenir cette terminologie au service d'un homme comme Fiodor Lemarchand !

Comme la curiosité et la recherche de sensationnel sont, chez les paparazzis la matrice même de leur activité, Jacques trouva en légende de quelques photos le nom de ce double de Fiodor Lemarchand, il s'appelait Bastien Guivarch.

Jacques se souvint alors d'un détail, lorsqu'il était hier dans le bureau de Lemarchand, celui-ci avait donné un coup de fil de quelques secondes afin d'obtenir confirmation que l'avion de Monsieur Guivarch avait bien décollé. Sur le moment, il n'avait porté aucune attention à ce détail, mais maintenant, son esprit s'était brusquement mis en alerte.

Il décida de questionner instantanément le contrôle des douanes pour connaitre la destination de son homme. Une demi-heure plus tard, il obtint la réponse :

Bastien Guivarch avait décollé du Bourget hier à midi à destination de Chicago en empruntant le jet de Fiodor Lemarchand. Il était le seul passager en dehors de l'équipage. Le plan de vol n'avait été déposé qu'hier matin à onze heures et demie.

Jacques tiqua ; il s'agissait donc d'un déplacement urgent et qui, apparemment, avait été décidé à la dernière seconde : un plan de vol trente minutes avant le décollage, ce qui généralement est hors délai d'une demie heure, ça devait furieusement presser !

Fallait-il de plus que le but de ce voyage soit de première importance pour qu'un vol privé de ce coût ait été accordé à un « simple » employé !

Que pouvait bien trafiquer à Chicago en plein milieu de la période des défilés couture le précieux et irremplaçable garde du corps du puissant Fiodor Lemarchand ?

Ne faisant ni une, ni deux, Jacques interrogea par le téléphone interne la liaison PJ avec l'agence de la police fédérale américaine afin qu'on lui donne d'urgence un contact avec un responsable de la police de Chicago.

Quarante cinq minutes plus tard, un de ses adjoints lui passa au téléphone un dénommé Phil Carter, premier adjoint au surintendant de la police de cette gigantesque mégapole.

L'anglais de Jacques était assez scolaire mais suffisant pour se faire comprendre. Il était de plus en train de suivre des cours accélérés pour pouvoir briguer avec encore plus de chance d'y arriver, le poste de Divisionnaire qu'il convoitait.

Les deux hommes se présentèrent et Jacques commença :

— Il s'agit d'une affaire compliquée où rien n'est clair, il n'y pour l'instant rien de criminel à signaler, mais pour moi, ça sent mauvais et il semblerait que des personnages de chez nous et de la plus haute importance soient visés. Notre Préfet de police est sur le coup et il faudrait comprendre ce qui se passe avant qu'une éventuelle catastrophe ne se produise. Jacques expliqua alors ce qu'il savait de l'affaire et formula sa demande :

— J'aurai besoin de connaitre l'emploi du temps d'un certain Bastien Guivarch, qui est entré sur votre territoire jeudi après-midi.

Jacques lui communiqua dans la foulée les coordonnées du vol et le peu qu'il savait sur l'individu en question.

— OK Jacques, je mets mes hommes la dessus et je te téléphone dès que j'ai du nouveau.

Une fois la conversation terminée, Jacques ne pût s'empêcher de repenser à ces horribles visions des fœtus dans le congélateur de Fiodor Lemarchand.

Une mauvaise intuition le poursuivait : Le type qui avait fait cela devait tout de même être sacrément taré, et apparemment c'était bien Fiodor Lemarchand qui était visé !

VENDREDI 8 JUILLET 2011, 17H15

PARIS

Le capricieux raccrocha. Il était contrarié du rapport que venait de lui faire Bastien. Il lui avait signifié pour conclure leur conversation qu'il revienne dare-dare : s'il embarquait à quinze heures, il serait à Paris demain matin samedi à huit heures, qu'il se débrouille pour dormir dans l'avion et qu'il rapplique aussitôt arrivé au Bourget jusque chez lui, il se chargeait de donner immédiatement les instructions nécessaires à l'équipage pour un embarquement en début d'après-midi.

Ainsi donc Gabriella était morte !

Bien que n'ayant plus eu aucun contact avec elle depuis vingt ans - et pour cause - Le capricieux ne pût retenir un frisson et dans un réflexe qu'il ne put contenir, il jeta son téléphone au milieu de la pièce, puis il resta un certain temps sans faire le moindre geste afin de se reprendre. Enfin, il ferma les yeux et ordonna à son cerveau de revenir vers ces années qui l'avaient tant marqué.

XXX

Cela faisait deux ans maintenant qu'ils étaient inséparables et essentiels l'un à l'autre.

Fiodor s'était très bien analysé, il sentait qu'il glissait, mais il avait jusque là accepté que la passion prenne le pas sur tout le reste. Il possédait le pouvoir qui le transcendait, mais pour un temps, il cherchait un autre infini, celui de l'infini amoureux. En fait, depuis qu'il connaissait Gabriella, il s'était aperçu qu'il adorait être aimé et cette sensation le grisait !

Plongé à nouveau vingt ans en arrière, Le capricieux se souvint du début des difficultés : son travail s'en ressentait trop, il semblait planer alors que Gabriella gardait toute sa tête et prenait du fait de son effacement apparent dans la direction de ses affaires, de plus en plus de poids dans la maison.

Très directive et cassante, elle s'attirait beaucoup de jalousies et Fiodor était de plus en plus souvent obligé d'arbitrer des conflits entre elle et ses lieutenants et notamment avec Duccio qui ne supportait aucune interférence dans son travail autre que la sienne.

Gabriella n'aimait pas Duccio, ni en tant qu'homme, ni en tant que Directeur artistique ; elle prétendait que Duccio n'avait fait que « pomper » les archives en y insufflant un peu de modernité, mais, à son avis, ce qu'il fallait avant tout à Seize718, c'était un nouvel électro choc artistique pour enflammer encore plus les médias.

Sur ce sujet, Fiodor n'était pas d'accord avec Gabriella, son raisonnement à lui, c'était que les archives étaient loin d'avoir délivré tout leur potentiel et que l'on pouvait encore les décliner et les réinterpréter pendant vingt ou trente ans sans que l'on ne ressente la moindre redite. Il s'agissait pour lui, de continuer à décliner dans la modernité le fond de commerce de Seize718 plutôt que de créer chaque saison un choc créatif qui deviendrait vite artificiel.

Les hommes en général et les clients des griffes de luxe en particulier, adorent qu'on leur raconte de « belles histoires ». Pour justifie de pareilles dépenses, l'imagination de chacun doit pouvoir travailler et la saga de Seize718 était à cet égard, sans pareille.

Pour finir, Duccio détenait dans la maison un pouvoir immense, et était respecté et craint par toute l'équipe dirigeante. Se séparer de lui eût généré une révolution que Fiodor ne souhaitait pas déclencher.

Mais il y avait autre chose d'encore plus grave et Gabriella avait plusieurs fois abordé le sujet sans fioritures, elle souhaitait que Fiodor divorce et ainsi devenir sa femme. Les discussions sur ce sujet étaient de plus en plus fréquentes et de plus en plus vives car Fiodor, lui, sentait inconsciemment qu'il ne pourrait franchir ce pas sans sombrer totalement. Bien sur, il n'y avait plus, et depuis bien longtemps, aucune attirance sexuelle entre lui et Micheline son épouse, mais la reconnaissance qu'il avait envers elle pour l'avoir suivi et aimé à une époque de sa vie où tout aurait pu basculer vers le pire, faisait qu'il se refusait, à son corps défendant, d'entrevoir cette hypothèse. Enfin, pour clore définitivement cette éventualité, Fiodor savait que les conséquences financières d'un divorce auraient été désastreuses, le père de Micheline ayant fait pression pour qu'ils se marient sous le régime de la communauté...

À cette époque, bien que toujours subjugué par l'intelligence de Gabriella et par l'amour absolu et sans réserves qu'elle continuait à lui prodiguer, il avait, dans la souffrance, commencé à imaginer, si Gabriella s'obstinait dans l'idée d'un mariage, l'éventualité d'une séparation...

Toujours les yeux fermés et sans même s'en rendre compte, Le capricieux refit surface et revint à l'inquiétante réalité de ce que lui avait rapporté Bastien depuis Chicago.

Mais alors, si Gabriella était morte et enterrée, qui donc pouvait le haïr si farouchement au point de le menacer depuis un an avec autant d'obstination et de sophistication ?

SAMEDI 9 JUILLET 2011, 11H

PARIS

Adrien repensait sans cesse avec irritation à la réunion d'hier concernant la future boutique de Kuala Lumpur. Ce projet était sur la table à dessin des architectes et décorateurs maison depuis maintenant quatre ans, il s'y était personnellement beaucoup investi et il savait que Duccio partageait son enthousiasme. Il fallait absolument qu'il revienne à la charge. Mais comme toujours avec son père, il fallait trouver le bon créneau sinon c'était, d'expérience, à coup sur, la catastrophe assurée !

Ce week-end ci, aurait pu être le moment idéal, malheureusement il n'en serait probablement pas question car depuis mercredi soir, son père était totalement préoccupé et accaparé par cette horrible histoire. À sa grande stupéfaction, Adrien avait appris par celui-ci lors de l'entretien qu'il avait eu dans sa chambre avec sa mère ce soir là, que cette farce macabre durait depuis plus d'un an.

Adrien avait d'ailleurs vu tout à l'heure Bastien entrer en trombe dans la maison et s'être tout de suite enfermé dans le bureau son père.

Adrien se dit qu'il tenterait de le fléchir lundi, mais pour l'instant, il décida d'oublier l'Asie et se persuada que sa priorité était désormais la soirée de demain au Ritz avec Marianne.

Il eût même une idée pour renforcer encore, à ses yeux, l'importance de cette rencontre : bien que ce soit son anniversaire à lui, il décida tout à coup de lui faire un cadeau à « elle » et à la hauteur des attentes que cette soirée revêtait pour lui.

Il ne fit alors ni une ni deux, il prit l'ascenseur intérieur qui conduisait directement au garage, fit bipper l'alarme de sa Ferrari F 40, sortit en trombe du garage et avant d'aller déjeuner au Plazza où il avait sa table, décida de filer en direction de la rue de la Paix chez Cartier.

Il avait par hasard repéré la semaine dernière dans leur vitrine un magnifique bracelet pavé de trois rangs de diamants qui devrait faire son petit effet !

SAMEDI 9 JUILLET 2011, 12H

PARIS

Jacques Pringent s'était présenté devant la porte de l'hôtel cinq minutes avant le rendez-vous fixé par Fiodor Lemarchand. Désiré l'introduisit instantanément. Son hôte était assis derrière son bureau et, juste derrière lui, debout et dans un silence quasi religieux, un homme que Jacques identifia instantanément comme étant Bastien Guivarch - il était donc déjà rentré de Chicago - penché à la droite de son maître, s'attachait à tourner l'une après l'autre les pages d'un énorme parapheur après que son patron, dans le même cadencement, apposait sa signature sur ce que Jacques supposa être des courriers.

Une fois cette tache terminée, Le capricieux leva la tête, fit mine de découvrir la présence de Pringent, et, sans même le gratifier du moindre salut, commença :

— Alors, commissaire, du nouveau ?

— En fait, oui et non, répondit Pringent. Nous sommes toujours dans le brouillard concernant les motivations et bien sur l'identité de celui qui vous harcèle mais l'objet de ma demande de rendez-vous est tout autre, c'est un peu personnel et je m'en excuse par avance. Partant du principe que ce qui vous arrive a de forte chance d'être le fruit d'une vengeance personnelle, j'ai souhaité en savoir un peu plus sur votre entourage sans pour autant vous déranger. Je me suis donc plongé dans les archives de presse vous concernant et par incidence, concernant votre société Seize718 avec laquelle vous vous identifiez depuis plus de trente ans...

— Continuez ajouta Lemarchand en le coupant tout en le fixant d'un regard glacial.

—.. J'ai constaté que depuis mi 1990 votre présence dans les médias était devenue relativement modeste.

— Oui, je laisse désormais ce soin prioritairement à mon fils Adrien qui me seconde avec succès depuis dix ans et auparavant ce rôle était échu à mon Directeur artistique qui me suit depuis la création de la maison, Monsieur Duccio Carpi.

— J'ai en effet remarqué ce passage de relai dans la presse, répondit Pringent, mais ce qui m'a plus particulièrement troublé se situe en aval, il s'agit des deux années précédant 1991, années pendant lesquelles une femme, que j'ai identifié comme étant Madame Gabriella Bellozi, votre numéro deux de l'époque, se tenait en permanence présente à vos côtés. Cette femme, omniprésente dans les médias pendant deux ans a subitement disparue des radars de la presse un beau jour de 1990. Comme je ne veux négliger aucune piste et que je suis à peu près certain qu'il faut rechercher la cause de ce qui vous arrive dans votre passé, pouvez-vous m'en dire plus sur cette Madame Gabriella Bellozi et m'expliquer cette soudaine disparition ?

Pringent remarqua à l'énoncé de cette question, une légère crispation des mains de Bastien qui reposaient de chaque côté du dossier du fauteuil de son patron comme pour le protéger. Quand à Fiodor Lemarchand, il se borna à répondre en regardant Pringent droit dans les yeux.

Cette femme, Madame Gabriella Bellozi était à l'époque une collaboratrice qui m'était précieuse mais qui a malheureusement commis des indélicatesses et dont nous avons dû nous séparer brusquement. Je n'en ai plus jamais entendu parler.

— Quel genre d'indélicatesse lui a valu cette sanction ? interrogea Pringent

À l'énoncé de cette question, il sembla à Pringent que la statue du commandeur se fissurait légèrement, et remarqua un léger tremblement des lèvres de son interlocuteur qui répliqua aussitôt d'une voix métallique

— Monsieur le commissaire, ceci est du domaine du secret d'entreprise et rien ne m'oblige à vous répondre ce que je ne vais d'ailleurs pas faire.

Pringent acquiesça, remercia et se leva pour prendre congé. Sur le pas de la porte, il se retourna vers Bastien toujours figé au garde à vous derrière le fauteuil de Lemarchand et lui glissa presque en chuchotant et en jouant au maximum de la musicalité de sa voix :

— *À propos Monsieur Guivarch, ces quarante huit heures passées à Chicago, pas trop éprouvantes ?*

SAMEDI 9 JUILLET 2011, 17H

PARIS

L'Homme avait vu la Ferrari d'Adrien descendre la rampe du parking de l'hôtel à quinze heures quinze. Il était toujours garé au même endroit. Sa petite Renault Clio grise était dans le registre de la banalité ce que l'on faisait aujourd'hui de mieux. Personne ne jetterait même un œil à l'intérieur pour se préoccuper de son conducteur.

Il avait encore planqué une partie de la nuit et était revenu à nouveau à six heures du matin. Il avait noté l'arrivée à huit heures de Bastien, le fidèle et redoutable garde du corps du capricieux.

Un carnet à spirale et un crayon en main, l'Homme notait depuis des jours toutes les allées et venues émanant de l'hôtel particulie.

Derniers repérages avant l'action !

Plus que quelques jours et Le capricieux commencerait à payer sa dette !

SAMEDI 9 JUILLET 2011, 18H

PARIS

*E*mile *Notredame ne dormait plus, il avait peur !*

Le commissaire Pringent lui avait téléphoné tout à l'heure pour lui dire qu'il souhaitait lui poser quelques questions touchant à l'enquête sur la disparition des fœtus et qu'il viendrait le voir lundi matin puisque le musée n'ouvrait que l'après-midi.

Émile ne pouvait bien évidemment pas lui expliquer le coup de téléphone de cet Homme qui, il y a plus d'un an, lui avait calmement exposé les farces qu'il souhaitait faire à certains de ses amis et qui l'avait grassement dédommagé pour que celui-ci le laisse entrer dans le musée après la fermeture du soir puis discrètement sortir au milieu de la nuit.

La règle du jeu était simple, il devait laisser le jour convenu, jour qui lui était communiqué téléphoniquement une semaine à l'avance, à dix-sept heures, une fois les derniers clients sortis, la porte d'entrée du musée entr'ouverte. Émile devait alors s'éloigner, faire le tour du pâté de maison et revenir cinq minutes plus tard pour fermer définitivement. À onze heures du soir précise, Émile devait réouvrir la porte discrètement, faire son petit tour et revenir fermer cinq minutes plus tard comme auparavant.

Le manège était monté de telle sorte qu'Émile n'avait jamais vu ni le visage ni la silhouette de son interlocuteur.

Ce stratagème avait été répété trois fois en un an, mais l'Homme lui avait annoncé au téléphone la semaine dernière que ce serait la dernière fois et qu'il n'entendrait désormais plus parler de lui.

En échange, la veille de chaque opération, il était convenu qu'Émile pouvait, en guise de dédommagement, aller chercher dans une consigne de la gare Saint Lazare dont l'Homme lui avait envoyé la clé à son domicile par courrier, quinze mille euros en liquide.

Pour Émile qui s'estimait mal payé, ces quarante cinq mille euros avaient été une aubaine inespérée à la veille de sa retraite...

Mais maintenant, il avait peur !

Qu'allait-il dire au commissaire lundi matin s'il lui posait des questions trop précises ?

Émile, tenaillé par l'angoisse, essayait donc depuis ce matin de récapituler les réponses qui lui permettraient de continuer à mentir sans éveiller les soupçons du policier.

DIMANCHE 10 JUILLET 2011, 18H

PARIS

L'Homme gardait son calme. Il savait qu'il n'avait plus que deux jours à attendre. Depuis ce matin, il était enfin entré en possession de l'arme qu'il convoitait : un pistolet Glock 17 autrichien qui possède le formidable avantage d'être léger et compact à la fois. Il avait réussi à se le procurer non sans mal auprès d'un réseau de roms de la banlieue nord de Paris. Pour les convaincre, il avait du répondre à un véritable interrogatoire, ses vendeurs redoutant qu'il ne soit en réalité qu'une taupe de la police. Mais finalement, l'affaire s'était faite et l'Homme avait conclu pour lui-même qu'en fréquentant les bons endroits, une belle liasse de cash en poche, on pouvait obtenir à peu près tout ce dont on avait besoin.

Il avait préparé l'itinéraire et savait maintenant parfaitement comment s'y prendre pour déclencher la foudre sur Le capricieux.

Après demain, à l'apparition de sa future victime à l'endroit qu'il avait repéré comme un de ses lieux favoris, il agirait !

Son attente allait être enfin récompensée : le 16 juillet était tout proche...!

DIMANCHE 10 JUILLET 2011, 19H

PARIS

Jacques Pringent avait passé la matinée de dimanche à se balader dans Paris. Il adorait se mêler aux touristes, le long des quais et examiner leurs réactions face aux beautés des monuments de la capitale. Il avait calculé que ce matin pas moins de sept couples lui avaient demandé de les prendre en photo avec la Seine ou Notre Dame en toile de fond.

Pendant sa promenade, il avait récapitulé tout ce qu'il avait retiré de sa curieuse réunion d'hier avec Fiodor Lemarchand. D'instinct il avait trouvé pour le moins bizarre le trouble qu'il avait ressenti chez cet homme d'habitude si maître de lui à l'énoncé du seul nom de Gabriella Bellozi et il continuait à se demander ce qu'avait bien pu aller faire Bastien Guivarch à Chicago lors de ce voyage éclair.

Il avait donc mis hier soir en rentrant au commissariat deux nouveaux fers au feu : il avait tout d'abord demandé que l'on fasse une demande expresse auprès de la police des frontières sur une possible sortie du territoire de Madame Gabriella Bellozi de nationalité italienne portant sur les années 1990 et 1991, partant de l'hypothèse que si elle était partie vivre ailleurs, ce fût très probablement peu après sa disparition des médias. Il avait ensuite demandé que l'on effectue une recherche d'une possible présence de celle-ci sur les fichiers de la police nationale et de la sécurité sociale en France et en Italie. Enfin, il avait relancé son contact à Chicago, sans succès compte tenu des différences de fuseaux horaires, pour lui rappeler à nouveau sa demande pressante concernant l'emploi du temps de Bastien Guyvarch dans sa ville.

Mais en cette après midi, il avait décidé de faire relâche et, depuis seize heures, il répétait le Misanthrope chez lui au côté de la mignonne petite frimousse de Pétronille qui incarnait si délicieusement Célimène. Ils avaient effectué consciencieusement pendant trois heures un filage complet de la pièce en interprétant à eux deux l'ensemble des rôles.

Vers dix neuf heures, ils jugèrent qu'ils étaient désormais prêts à affronter dans quatre jours leur public et décidèrent de concert de s'accorder une petite sortie.

Pringent proposa alors d'aller faire une virée au Café des Phares place de la Bastille, qu'il affectionnait et qui était connu pour avoir été le premier café philosophique en France. Les séances, ouvertes à tous avaient lieu – ça tombait bien – uniquement le dimanche. . Arrivés sur les lieux, ils s'installèrent dans un coin de la salle d'où ils pouvaient facilement observer les orateurs mais surtout les entendre. Excités par l'ambiance électrique de l'endroit, ils participèrent alors en spectateurs muets à une joute philosophique enthousiaste et brouillonne qui leur sembla malgré tout de bonne tenue autour d'une phrase de Graham Greene : « Nous sommes tous résignés à la mort ; c'est à la vie que nous n'arrivons pas à nous résigner. » Pringent admirait ces hommes et femmes, philosophes amateurs, venus de tous horizons et pratiquant tous les métiers, qui, mêlés au professeurs de lycées ou d'universités, prenaient le plus souvent la parole, et essayaient malgré tout de tirer leur épingle du jeu. Il ne manquait jamais de faire le rapprochement avec sa propre « double carrière » de flic professionnel et d'acteur occasionnel et ça ne manquait jamais de le le réconforter.

Vers vingt deux heures trente, après avoir dégusté une pizza au resto italien qui jouxtait l'opéra Bastille, Jacques raccompagna Pétronille à son métro puis rentra à pied chez lui tout en récapitulant les réponses qu'il attendait pour pouvoir avancer enfin dans ce qui n'était encore pour lui qu'un brouillard confus.

Tout ce qui entourait cette affaire était pour le moins bizarre !

LUNDI 11 JUILLET 2011, 10H

PARIS

Emile Notredame attendait Pringent sur le pas de la porte du musée qui n'ouvrait qu'à quatorze heure. À la mine empruntée et défaite d'Émile, Pringent vit tout de suite qu'il aurait peut-être cette fois ci, s'il s'y prenait convenablement, quelque chose à tirer de son interlocuteur. Il décida, pour organiser autour de leur tête à tête une atmosphère détendue, de traiter la question au café et entraina Émile au Bistrot 1, qui était situé tout à côté du musée, au 4 rue de l'école de médecine. Après avoir commandé deux demi de 1664, Pringent regarda Émile droit dans les yeux et tenta sans trop le brusquer de lui faire un peu peur :

— Émile, cette affaire qui a commencé dans ton musée presque comme une farce et sur laquelle je ne me suis pas jusqu'à présent trop appesanti, prend maintenant une toute autre tournure. On a retrouvé tes fœtus chez un personnage très en vue et en ce qui le concerne, on ne peut pas parler d'une farce, cela semble relever de quelque chose de beaucoup plus grave... alors, si tu sais quelque chose que tu m'aurais caché, c'est vraiment le moment de me la confier car après, cela risque d'être trop tard et si ensuite l'on découvrait que tu aurais fait une fausse déclaration, il s'agirait très clairement d'une entrave à la justice et ça se paye en général très cher !

Alors, miraculeusement et presque sans vraiment réfléchir aux conséquences de ce qu'il allait dire, Émile, dans un certain désordre verbal lui raconta tout, il s'excusa, il expliqua à Pringent qu'il ne pensait pas faire mal, que seule, la proposition des quarante cinq mille euros avait motivé sa participation, qu'il croyait, il pouvait le jurer, avoir affaire à une cabale d'étudiants, et que finalement, pour lui, ce ne pouvait être qu'une affaire sans grande importance.

La seule indication utile qu'avait pu fournir Émile qui n'avait jamais vu son interlocuteur, était que celui-ci possédait un fort accent anglais.

Pringent très énervé de ce qui lui avait échappé jusqu'ici, demanda à Émile de l'accompagner jusqu'à sa voiture de service et tous deux, filèrent directement au commissariat afin que des collègues puissent dans la foulée et à chaud, prendre sa déposition.

De retour dans son bureau, Pringent reçût en fin de matinée, des services qu'il avait sollicité, les réponses qu'il attendait : Madame Gabriella Bellozi avait pris un vol Air France pour Chicago le 19 juillet 1990 et il n'y avait plus aucune trace d'elle depuis, ni en France ni en Italie dans aucun de leurs fichiers officiels et aucune demande de carte d'identité ou de passeport n'avait été faite par cette femme dans ces deux pays.

Visiblement, cette mystérieuse femme était encore aux States !

Il ne restait plus qu'à espérer, pour y voir un peu plus clair, des nouvelles de Chicago concernant Bastien Guyvarch qu'il pensait obtenir demain soir au plus tard compte tenu du décalage horaire.

LUNDI 11 JUILLET 2011, 20H

PARIS

Marianne était contente. Demain, Adrien aurait trente quatre ans et elle se réjouissait à l'avance de la soirée qu'il leur avait organisée.

Elle était certaine d'aimer Adrien et d'un amour totalement sincère. Elle savait que nul ne pouvait lui faire le reproche de sortir avec lui par intérêt, elle était une des trois ou quatre mannequins les plus payées au monde et elle pouvait avoir qui elle voulait. Si, depuis des mois, elle continuait à sortir d'une manière quasi exclusive avec Adrien Lemarchand, c'est bien parce qu'elle trouvait dans ce garçon au delà de son physique qui n'avait pourtant rien de transcendant, un charme, une gentillesse et une somme de petites attentions qui tranchaient avec toutes les vedettes prétentieuses de la chanson ou de l'écran et autres personnages de la jet set avec lesquels elle s'était affichée auparavant et qui l'avaient laissée neuf fois sur dix totalement vide émotionnellement.

Elle voulait donc marquer cet anniversaire d'une pierre blanche et elle avait cherché longtemps quelle sorte de cadeau pourrait impressionner un homme tellement gâté par la vie et qui possédait déjà à peu près tout.

Finalement, après des jours et des jours de tâtonnements, elle trouva l'idée qu'elle pensait être la bonne : sachant son Adrien fou de golf, elle décida de casser sa tirelire et opta pour un cadeau d'exception, un « golden putter » de Barth & Sons, un club entièrement fait main qui possédait la caractéristique unique d'avoir, à la demande, la tête du club dorée en or vingt quatre carats ainsi que la gravure sur une étiquette également en or, portée à l'arrière de la tête du putter, du nom de son propriétaire. L'ensemble était présenté dans une boite cadeau entièrement faite main en bois de merisier.

Marianne était toute excitée d'avoir trouvé cette idée de cadeau qui lui avait tout de même coûté la bagatelle somme de cent mille dollars, et surtout avait hâte d'être à demain soir pour découvrir la réaction de son chéri lorsqu'il ouvrirait la boite.

Mais pour faire passer le temps, ce soir, elle avait décidé d'aller simplement diner avec des amis en bas de chez elle, au café Charlot, juste en face du marché des Enfants rouge dans le cœur du Paris branché où elle avait ses habitudes lorsqu'elle demeurait à Paris.

Ils papoteraient jusqu'à pas d'heure, et quand Marianne se réveillerait, il sera presque demain soir...

MARDI 12 JUILLET 2011, 18H

PARIS

L'Homme savait que ce serait pour aujourd'hui, pour dans quelques minutes même...

Il jubilait d'avance, mais en même temps, il se gardait bien de commettre la moindre faute d'inattention. Il avait reconnu le parcours quatre fois ces derniers jours. Il savait quel autoroute emprunter, il avait parcouru toutes les rues du village et de ses alentours pour vérifier qu'il n'y avait pas de gendarmerie sur place ou à vingt cinq kilomètres à la ronde. Il avait, dans le frigo portable qu'il avait disposé dans le coffre et qu'il faudrait transporter dans l'autre voiture, tout ce qu'il fallait pour se nourrir ainsi que son invité pendant quatre jours, et il avait dans la petite sacoche qu'il portait en bandoulière, tous les ingrédients nécessaires pour accomplir sa mission.

La présence du pistolet qu'il avait glissé dans sa ceinture le rassurait et l'excitait à la fois.

Il espérait que pour un coup d'essai, ce serait bien un coup de maître !

MARDI 12 JUILLET 2011, 18H

Phil Carter apporta la réponse qu'attendait impatiemment Pringent à dix-huit heures précises heure française : Bastien Guyvarch était descendu à l'hôtel Péninsula de Chicago, un des trois palaces de la ville. Phil ayant envoyé un de ses inspecteurs pour fouiner un peu, celui-ci avait interrogé le concierge qui s'était parfaitement souvenu de l'homme en question facilement reconnaissable compte tenu de sa taille mais surtout à cause de son aspect pour le moins décalé par rapport à la clientèle de l'hôtel. Il s'était rappelé lui avoir indiqué le chemin le plus court pour se rendre dans un restaurant, jadis réputé, de little italy, « la Passione de Gabra », restaurant qui avait appartenu à une certaine Gabriella Bellozi mais qui repose depuis deux ans au cimetière de Mount Olivet.

Elle était entrée aux States le 19 juillet 1990 et s'était mis en ménage avec un ami immigré italien, un certain Angelo Napolitano décédé d'un cancer il y a dix ans. Après la mort de son compagnon, elle avait monté ce restaurant en partie grâce à l'argent de l'assurance.

Pringent remercia chaleureusement mais avant de raccrocher, il demanda à Carter s'il pouvait tenter d'en savoir un peu plus sur cet individu avec laquelle elle avait vécu.

Jacques pensa : ainsi le recoupement était fait, Bastien était bien venu à Chicago pour enquêter sur Gabriella Bellozi, et même morte, c'était bien cette femme qui semblait détenir la clé de l'affaire.

Pringent décida alors de retourner dès demain interroger Fiodor Lemarchand, probablement celui qui, sur cette terre, en savait le plus sur cette femme !

MARDI 12 JUILLET 2011, 19H30

PARIS

Adrien mettait la dernière touche à sa tenue. La soirée qu'il avait préparée pour Marianne et lui le réjouissait d'avance. Il était d'une humeur de rêve d'autant plus que revenant du PIC, le Paris International Golf Club où il avait ses habitudes, il avait rendu une carte à quatre-vingt sur le très difficile « par » soixante-douze qu'avait dessiné l'incomparable Jack Nicklaus à travers le somptueux parc du Baron Empain.

Il était d'autant plus fier que son ami et partenaire habituel, le footballeur Bixente Lizarazu, qui le battait d'habitude à plate couture, lui avait aujourd'hui rendu un trou...

Maintenant, il était fin prêt et entreprit de descendre au premier étage faire un petit frais à ses parents qui se tenaient tous deux au salon, mais comme à l'habitude fort éloignés l'un de l'autre ; sa mère sur son canapé en train de feuilleter une revue et son père à l'autre bout de la pièce, assis sur son fauteuil, un verre scotch à la main.

Il informa l'assemblée, avec un clin d'œil entendu, qu'il ne rentrerait pas cette nuit mais il confirma à son père qu'il présiderait demain à onze heure, comme prévu, le comité d'investissement semestriel.

Il descendit ensuite au garage prendre sa Ferrari et une fois en dehors de l'hôtel il jaillit de l'avenue de Velasquez en direction du boulevard Malesherbes puis après avoir remonté le boulevard de Courcelles jusqu'à la place des Ternes, il emprunta l'avenue des ternes jusqu'à l'Arc de triomphe pour s'arrêter enfin devant le Drug store Publicis dans le seul but d'y acheter son paquet de Dunhill verte du jour.

C'était le seul moyen qu'avait trouvé Adrien pour fumer moins. N'acheter ses cigarettes exclusivement qu'à cette adresse et quand, pour une raison ou pour une autre, à l'exception de ses voyages à l'étranger, il ne pouvait pas s'y rendre, eh bien, il se restreignait ! Et puis le Drug store, c'était quand même un endroit où l'ambiance était assez magique : étant jeune il en avait fait, avec ses amis, son quartier général ; des samedi et des dimanche entiers ils avaient flâné entre les différents rayons, le restaurant et le cinéma ou bien avaient descendu à partir de là les Champs Elysées pour des virées dont il gardait encore le souvenir.

Au moment où il rentrait dans sa voiture son paquet à la main, un homme dont le visage était recouvert d'une cagoule noire, s'engouffra brusquement par la portière du passager et le menaçant d'un revolver muni d'un silencieux lui annonça avec un fort accent anglais :

« *Bonjour Adrien, confie moi ton smartphone puis direction autoroute A71 et je te conseille de ne pas faire d'histoires si tu veux revoir famille et amis* »

MARDI 12 JUILLET 2011, 23H

Marianne ne comprenait pas ce qui se passait.

Adrien devait passer la prendre vers huit heures chez elle et ils devaient ensuite filer directement au Ritz et débuter la soirée au bar de l'Espadon. Mais, il était onze heures du soir et aucunes nouvelles d'Adrien. Elle essayait en vain de le joindre depuis neuf heures, mais son téléphone était en permanence sur répondeur. Elle commençait réellement à s'inquiéter et imaginait un accident sur le trajet et suffisamment grave pour qu'il ne puisse téléphoner. En désespoir de cause, elle se décida à appeler chez lui et, pour ne pas affoler sa mère, demanda tout d'abord à parler à Monsieur Lemarchand. Ils s'étaient déjà rencontrés en plusieurs occasions, lors de cocktails donnés par le groupe et Marianne avait gardé le souvenir d'un homme froid, réservé et très peu sympathique, mais, qui visiblement tenait son fils en très grande estime. Cela suffisait à Marianne pour lui faire confiance.

Le capricieux ne laissa pas percer son inquiétude lors du coup de fil de Marianne, il lui répondit qu'il pensait qu'Adrien était avec elle, qu'il ne savait pas où il était et qu'elle veuille bien attendre encore quelques heures avant de s'inquiéter réellement.

Une fois raccroché, Le capricieux esquissa pour lui même un petit sourire, ça lui rappelait sa jeunesse... Il en avait posé des lapins dans le passé, et des gros ! Probablement qu'Adrien avait trouvé un dérivatif plus intéressant pour ce soir que cette petite Marianne, mignonne, certes, mais tout de même un peu cruche !

Qu'il s'amuse, c'est encore de son âge !

MERCREDI 13 JUILLET 2011, 8H

SOUVIGNY EN SOLOGNE

Adrien était depuis hier soir solidement attaché sur une chaise dans la cuisine du pavillon de chasse de son père en Sologne. Celui-ci avait l'habitude d'y inviter pour des parties de chasse réputées auxquelles on le conviait de temps en temps, toute sorte de relations d'affaires et politiques à qui, le jour venu, il pourrait demander un service qu'ils ne sauraient, la plupart du temps, lui refuser.

Les invités assistaient ensuite, après la battue, à des déjeuners ou diners qu'un traiteur parisien avait l'habitude de préparer pour ses hôtes et qui laissait à tous un souvenir gustatif solidement et généreusement ancré dans leur mémoire.

La maison qui était isolée au milieu des bois appartenant au domaine était en ce moment déserte, c'était l'été et Le capricieux n'invitait jamais pendant la période des collections.

Ils étaient arrivés hier soir vers dix heures et Adrien avait garé la Ferrari, comme d'habitude, dans la cour, à l'arrière du pavillon. L'Homme, qui n'avait pas ouvert la bouche pendant tout le trajet sauf pour indiquer la direction à prendre, avait alors demandé à Adrien de descendre et de se diriger vers la porte de derrière qui donnait sur la grande cuisine. L'Homme avait alors cassé un carreau et, après avoir passé une main à travers la vitre, avait fait tourner la clé qui, comme d'habitude dans ce genre de demeure reste toujours dans la serrure à l'intérieur.

Une fois tous deux entrés, L'Homme avait lié les mains et les pieds d'Adrien et l'avait assis, ainsi ficelé sur une des chaises de la cuisine avec des cordes qu'il avait sorti de sa gibecière puis, après avoir laissé Adrien ainsi saucissonné, il s'était mis à inspecter la maison.

Adrien pensa à nouveau à Marianne. Depuis hier soir, il ne cessait d'imaginer ce qu'elle avait bien pu déduire et imaginer de l'énorme lapin involontaire qu'il lui avait posé. Il tenait à Marianne et cette histoire terminée, il était certain qu'elle comprendrait, mais il ne pouvait s'empêcher de se mettre à sa place : hier soir et surtout ce matin, sans nouvelles de lui, son portable éteint, il espérait de toutes ses forces que l'inquiétude l'avait emporté sur sa première réaction qui avait du être certainement plus rugueuse et plus dure à son égard. La seule consolation d'Adrien était que l'Homme n'avait pas fouillé sa voiture et donc pas trouvé le cadeau de chez Cartier qu'il destinait à celle qui était à son corps défendant en train de souffrir à cause de lui.

Plus tard, il s'expliquerait et elle pardonnerait, il en était sûr !

Adrien n'avait pu correctement observer l'Homme dont le visage était toujours recouvert d'une cagoule. En dehors de son accent anglo-saxon, la seule chose qu'il avait pu apercevoir étaient ses yeux, apparemment très grands et de couleurs vertes mais dont, étrangement, la prunelle très dilatée semblait plus refléter la tristesse et la mélancolie que la rudesse et la cruauté que l'on attendait dans le regard d'un kidnappeur.

Mais quelle que soit l'identité de son agresseur, Adrien n'avait aucun doute, il était certain que l'Homme l'avait enlevé puis séquestré pour réclamer une rançon à son père. Le cocasse de la situation tenait dans le fait que c'était ce dernier qui était depuis toujours obsédé par le renforcement de la sécurité autour de sa personne, craignant par dessus tout qu'on le kidnappe comme une bande de malfrats l'avaient fait des années auparavant pour le Baron Empain, et qu'au bout du compte, c'était lui, Adrien Lemarchand, qui était désormais en première ligne probablement en guise de monnaie d'échange aux fins d'extorquer de l'argent à sa famille. Mais Adrien connaissant bien son père et les arcanes de son caractère le plus souvent intransigeant, était pour le moins inquiet : jamais le puissant Fiodor Lemarchand, pensait-il, ne se laisserait aller à accepter un quelconque chantage, quand bien même il s'agirait de son fils !

Cependant, l'espoir faisant vivre, Adrien était en train de tourner et retourner dans sa tête des hypothèses de sortie éventuelle de cette situation lorsqu'il vit revenir l'Homme vers lui, les deux mains gantées de caoutchouc et tenant dans celle de gauche un grand élastique rouge. Au moment où Adrien allait s'exprimer pour demander enfin des éclair-cissements sur sa séquestration dans sa propre demeure par un inconnu dont il n'avait même pas pu voir le visage, l'Homme lui fit en un clin d'œil un garrot à l'aide de l'élastique, chercha une veine sur son bras et approcha une seringue remplie d'un liquide jaunâtre qu'il tenait dans son autre main et qu'il avait cachée derrière son dos.

Au moment de l'injection du liquide dans sa veine, l'Homme s'exprima durement de sa voix criarde et grin-çante :

— Je te conseille de ne pas bouger car je recommen-cerai autant de fois que nécessaire.

Avant de s'endormir pour de bon, Adrien avait senti que l'Homme lui avait ouvert la bouche avec ses doigts et qu'il s'était mis à farfouiller à l'intérieur de ses joues

MERCREDI 13 JUILLET 2011, 11H

PARIS

Le capricieux était inquiet. Sa première réaction suite au coup de téléphone de Marianne d'hier au soir avait été très prudente. Adrien avait surement eu une bonne raison et ce n'était pas à lui, son père, d'aller expliquer à cette fille qu'il connaissait finalement à peine, ce qu'il imaginait comme possibles explications concernant l'absence au rendez-vous de son fils.

Ce matin par contre, Le capricieux était envahi par un tout autre sentiment. Adrien pouvait bien mener la vie sentimentale qu'il voulait, mais concernant le business, c'était encore lui, Fiodor Lemarchand, qui était aux commandes. Or, il était déjà onze heures et Adrien, non seulement devait présider à cette heure-ci le comité d'investissement semestriel, mais ensuite, ils devaient tous deux reparler de Kuala Lumpur. Le capricieux, comme Marianne la veille au soir avait tenté de téléphoner à Adrien, mais le portable était toujours branché sur le répondeur.

Le capricieux ne pouvait s'empêcher d'être en proie à un mauvais pressentiment. Il ne faudrait pas qu'il lui soit arrivé quelque chose de grave ! Il prenait depuis quelques années une place trop importante dans sa vie !

Adrien était désormais le parfait complément du Capricieux. Il ne faisait plus rien d'important et ne prenait plus aucune décision stratégique concernant ses affaires sans recueillir son avis. Il était fier de son fils qui avait gravi sagement, consciencieusement mais avec une grande efficacité tous les échelons de la hiérarchie de Seize718 sans jamais se plaindre et sans jamais demander aucun passe-droit. Il aimait profondément son Adrien, bien plus bien entendu que son épouse avec qui il n'entretenait plus qu'une liaison de façade depuis de trop nombreuses années.

Le capricieux avait tout organisé pour qu'Adrien lui succède et ce sera chose faite dans très peu de temps. Il sentait que son rejeton était désormais prêt et il lui passerait alors les rennes sans aucune inquiétude.

Le capricieux avait téléphoné à sa secrétaire à neuf heures du matin pour lui faire annuler toutes les réunions prévues de la journée et lui annoncer dans le même temps qu'il avait décidé de faire le pont du 14 juillet et qu'en conséquence, il serait absent ainsi que son fils jusqu'à lundi.

Il décida de se donner jusqu'à cinq heures du soir pour s'inquiéter vraiment.

Il espérait bien que ce n'était qu'une simple histoire de fesse mais tout de même, dans ce cas, il aurait pu téléphoner...

MERCREDI 13 JUILLET 2011, 14H55

SOUVIGNY EN SOLOGNE

Adrien était maintenant totalement réveillé. Il avait la bouche pâteuse et un sentiment d'angoisse ne le quittait plus. L'Homme était dans le salon qui jouxtait la cuisine et ne s'était toujours pas exprimé depuis qu'il lui avait fait la piqure qui l'avait endormi. D'ailleurs quelle pouvait être la motivation de cette anesthésie ? Et pourquoi depuis ce matin, aucune revendication ? Il se décida à nouveau à interpeler son geôlier d'une pièce à l'autre :

— Monsieur dont je ne connais ni le nom, ni le visage, ni les motivations, pouvez-vous enfin me donner une explication sur ma présence ici ou tout le moins, m'autoriser à donner un coup de téléphone à ma famille pour les rassurer ?

— Monsieur dont je connais très bien le nom, lui répondit l'Homme, avec son fort accent et d'une voix suraigüe, j'allais justement vous donner l'occasion de donner un signe de vie à votre père.

L'Homme reparût alors dans l'embrasure de la porte de la cuisine et tendit à Adrien son portable.

— Tu vas tout de suite envoyer un SMS à ton père et lui écrire le message que je vais te dicter...

MERCREDI 13 JUILLET 2011, 15H

Le capricieux avait décidé, toujours dans l'attente du coup de téléphone de son fils, d'aller prendre un bain dans sa piscine. Il avait besoin d'avoir les idées plus claires et il savait qu'il n'y avait rien de mieux pour clarifier son esprit.

Bastien, comme d'habitude avait été à la manœuvre et Le capricieux était déjà immergé dans sa piscine jusqu'au cou, confortablement assis sur sa balancelle lorsqu'il entendit le bip bip caractéristique de son portable signalant l'arrivée d'un SMS résonner contre les parois en marbre du bassin. Bastien se précipita vers le téléphone et, à la demande du Capricieux, fût autorisé à lire le message afin qu'il lui signale s'il émanait d'Adrien. Après avoir parcouru le texte, Bastien sans un mot remonta la nacelle et tendit le téléphone au Capricieux qui ne put retenir à la lecture de ce qui était inscrit sur l'écran un terrible frisson :

« Votre fils Adrien est mon prisonnier.

Dans trois jours vous saurez !

In mémoriam 16 juillet 1990.

GABRIELLA BELLOZI »

Ah !, c'était donc ça !

Mais comment cela était-il possible ?

Une vengeance de Gabriella, si longtemps après alors que, chose incompréhensible, elle est déclarée morte et enterrée depuis deux ans !

Le capricieux, remonté dans sa chambre demanda à Bastien qu'il téléphone immédiatement de sa part au Préfet de police Fresson et qu'il tente de venir le plus vite possible accompagné de son commissaire Pringent qui lui avait donné le sentiment de ne pas être tombé de la dernière pluie. Puis il demanda qu'on le laisse seul jusqu'à leur arrivée ;

Le capricieux ressentait un besoin urgent de reprendre ses esprits et surtout celui de faire à nouveau un retour en arrière pour tenter de comprendre.

La relation entre les deux amants était à l'époque, essentiellement due aux pressions multiples que subissait Le capricieux, en train de se détériorer. Ses banquiers étaient montés au créneau et l'avaient calmement mais sévèrement mis en garde : s'il voulait que leur association perdure, il fallait impérativement qu'il se reprenne. Mais l'alerte la plus importante était venue de son Père. Grégoire Lemarchand, bien que retiré des affaires était pour Fiodor le seul homme qu'il respectait vraiment et pour lequel il conservait une admiration sans borne.

Celui-ci le sermonna durement et trouva les mots qu'il fallait pour que son fils se ressaisisse enfin. Après cette entrevue qui ne dura pas plus d'un quart d'heure, les réflexes habituels du Capricieux avaient repris le dessus et c'est ce jour là qu'il avait décidé en son for intérieur, d'opter pour Seize718. Il ne manquait plus maintenant qu'à trouver un prétexte pour mettre fin à cette liaison qui à la fois lui avait tant apporté mais en même temps avait failli le perdre...

Seule difficulté, et non des moindres, Gabriella ne montrait pas le moindre signe de désintérêt pour lui, bien au contraire, et chaque jour qui passait semblait consolider un peu plus son attachement indéfectible à sa personne.

Le prétexte survint inopinément au cours d'un diner de gala à l'Opéra Garnier où un clash violent et totalement imprévu scella le sort du couple. S'étant retrouvés peu après dans l'appartement de Gabriella, il s'en était suivie une discussion plus que tumultueuse entre les deux amants qui avait mis définitivement un point final à cette liaison qui avait tant troublé pendant deux années les sens de Fiodor.

Gabriella avait alors disparu et Le capricieux n'en avait jusqu'à ce jour plus jamais entendu parler.

Fiodor avait béni l'heureuse coïncidence qui avait permis lors de ce diner de mettre à jour le vrai visage de Gabriella et de lui faciliter ainsi la tâche.

À ce sujet, Le capricieux s'était longtemps demandé qui avait bien pu manigancer pareil heureux traquenard ?

VENDREDI 5 JANVIER 1990, 19H

MILAN

Dans sa suite de l'hôtel Principi di Piemonte de Milan qui lui était réservée à l'année, et où il passait traditionnellement la semaine du Nouvel An, Duccio Carpi réfléchissait à la manière dont il pourrait résoudre définitivement le problème qui, depuis maintenant des mois, le préoccupait nuit et jour.

Duccio s'était tout de suite méfié de Gabriella.

Lorsqu'il avait été choisi par Fiodor Lemarchand comme Directeur Artistique de Seize718, son prestige était déjà solidement établi. Il n'avait donc accepté le poste qu'après une longue discussion avec lui. Fort heureusement, ils découvrirent lors de cet échange qu'ils avaient les mêmes vues sur la stratégie à adopter et tous deux s'accordèrent à penser que la vraie notoriété, celle basée sur la durée, ne pourrait s'établir que s'ils réussissaient à asseoir sur une longue période la suprématie de Seize718 sur toutes les autres griffes de Couture. Pour réussir ce qu'il considérait comme étant le « challenge » d'une vie, Duccio avait donc avancé et obtenu de Lemarchand comme conditions de la réussite : avoir du temps, travailler dans la sérénité et obtenir une constante confiance de son Patron, Patron pour lequel il avait conçu dès le début de leur discussion, respect et estime.

Sur un plan plus personnel, Duccio avait compris très tôt qu'il était attiré par les garçons et il gardait de ses premières expériences sexuelles au pensionnat avec un camarade qui partageait avec lui le même penchant, un souvenir encore tout à fait vif. Cependant Duccio s'était vite rendu compte que le sexe dans le monde débridé des gays des années 80 comportait deux risques majeurs : celui de contracter, en dépit des précautions prises, le virus VIH et celui d'affecter la qualité de son travail par la succession des folles nuits blanches passées avec ses amis d'alors.

Il s'était avec le temps également rendu compte qu'en matière de sexe, il prenait un plaisir égal, sinon supérieur, à observer les ébats des autres qu'à en être l'acteur, si bien que, les années passant, il fût assez rapidement considéré par tous ses pairs comme « hors circuit ».

Mais ce moindre appétit pour les choses du sexe avaient provoqué chez Duccio - mais où était la cause et où était l'effet ?- une sorte de furieux transfert dans deux directions : celle de son travail créatif au sein duquel il se plongeait littéralement de jour comme de nuit et sans apparemment éprouver la moindre fatigue, mais également, celle d'un curieux sentiment qu'il s'était mis à ressentir pour Le capricieux et qu'il avait lui-même analysé comme pouvant s'apparenter à une passion amoureuse. Ce sentiment qu'il savait être sans aucun espoir de réciprocité et qui se traduisait par un dévouement total et une admiration « béate » générait également chez lui une méfiance et une jalousie maladive envers tous ceux ou toutes celles qui tentaient de porter atteinte ou même de s'immiscer dans l'intimité de leur « duo » que Duccio entendait comme totalement exclusif.

De ce fait, Duccio s'était tout de suite méfié de Gabriella, et dès qu'il eût compris l'emprise que cette femme avait, avec une vitesse et une efficacité stupéfiante, prise sur Fiodor Lemarchand et qui se traduisait, tout le monde s'en apercevait, par une sorte de dérèglement des facultés de celui qu'il considérait comme étant, comme lui-même, non influençable et non perméable aux sirènes de la volupté, il prit littéralement peur et se décida à trouver un moyen, quel qu'en fût le risque, pour perdre cette créature semblée être surgie dans l'univers de Seize718 dans le seul but de lui « voler » son Patron...

Duccio qui avait des amis un peu partout dans la presse mode avait bien entendu les bruits peu avenants qui couraient sur Gabriella Bellozi et sur son arrivisme, mais dans les premiers temps, nul n'y avait vraiment prêté attention. Toute nouvelle aventure du patron de Seize718 générait les mêmes médisances sur la compagne du moment.

Mais Duccio s'accrocha et il ne mit pas longtemps à retracer dans tous ses détails le parcours italien de Gabriella et à être mis au courant de la manière dont elle avait, jusque là, réussi à gravir les échelons, de tous les tours et détours de l'épisode « Modissima Moda », et pour finir, des causes réelles de l'exfiltration de Gabriella vers le bureau de Moscou.

Duccio prit alors le prétexte de la présentation d'une collection « capsule » à Milan pour rencontrer Madame Ancelotti dans le seul but de la faire parler. Gabriella était pour tous les deux et pour des raisons différentes un sujet brûlant et ils restèrent trois heures dans le bureau de la patronne de Modissima Moda à échanger avec passion sur la face obscure de cette femme dont ils souhaitaient tous deux la perte.

Rentré à son hôtel, Duccio se mit à réfléchir et à digérer tout ce qu'il avait appris de neuf.

Vers minuit, il eût une illumination qui le mit en joie.

Le lendemain en fin de matinée, après avoir lancé deux coups de téléphone à Paris, il était certain d'avoir trouvé un angle d'attaque qu'il jugea, s'il ne se trompait pas sur les comportements respectifs de Fiodor Lemarchand et de Gabriella Bellozi, comme infaillible.

Duccio Carpi savait désormais comment procéder pour confondre Gabriella et la perdre définitivement aux yeux de Fiodor Lemarchand.

LUNDI 16 JUILLET 1990, 19H

PARIS

Ce soir là Gabriella avait décidé de se faire encore plus belle que d'habitude. Le diner de gala auquel elle devait assister à l'Opéra Garnier allait être un must de la saison. C'était le dernier opéra programmé dans ce lieu mythique désormais dévolu aux ballets depuis l'inauguration il y avait tout juste un an de l'opéra Bastille. Fiodor, qui revenait d'un voyage d'une semaine aux Etats-Unis, lui avait fait savoir qu'il passerait la prendre à dix neuf heures quinze.

Elle était contente de revoir Fiodor et de pouvoir à nouveau s'expliquer, la séance de la semaine dernière juste avant qu'il ne parte pour New-York l'avait profondément troublée.

Elle sentait bien que Fiodor n'était pas insensible à la mauvaise influence de Duccio et elle enrageait de n'avoir pas encore trouvé le moyen de mettre définitivement hors jeu celui qu'elle avait diagnostiqué comme étant un frein au nouvel élan qu'elle souhaitait voir prendre à l'entreprise.

Mais, elle sentait également que Fiodor, ces dernières semaines était moins attentif aux remarques qu'elle formulait et surtout moins « physiquement » en harmonie lorsqu'ils étaient seuls alors qu'elle tentait, comme à l'habitude et à sa manière, de le relaxer.

Mais il lui avait donné jusqu'à présent tant de preuves d'amour et d'attachement qu'elle se persuada aisément qu'elle fantasmait trop sur ce sujet.

Et puis, finalement, si Fiodor ne souhaitait pas l'épouser, car il ne pouvait, pour des raisons financières, quitter sa si falote et insignifiante épouse, eh bien, tant pis, elle se contenterait d'être sa fidèle compagne et de continuer à le conseiller et à l'accompagner dans le développement de Seize718.

À dix neuf heures quinze précise, l'interphone sonna et Sylvain, le garde du corps de Fiodor lui indiqua que Monsieur Lemarchand l'attendait en bas dans la voiture.

Et cette horrible soirée cauchemardesque avait alors débuté...

LUNDI 16 JUILLET 1990, 20H

C'est à l'occasion de son séjour à Milan du début de l'année que Duccio Carpi avait réussi à joindre au téléphone Myung-Whun Chung, le directeur musical de l'opéra de Paris, pour lui confirmer qu'il acceptait de créer les costumes du « Couronnement de Poppée » de Claudio Monteverdi, à l'occasion de l'ultime représentation lyrique à Garnier, le 16 juillet prochain, avant le passage de relai à l'opéra Bastille.

L'argument de l'ultime chef d'œuvre du génial vénitien, considéré par les mélomanes comme le créateur de l'opéra moderne, ne pouvait mieux tomber pour Duccio qui n'avait pas été long à transposer l'intrigue de cette histoire avec la réalité qu'il constatait au sein de l'entreprise

« L'héroïne, Poppée, une femme ambitieuse et sans scrupule entretient une liaison passionnée avec l'empereur Néron et celle-ci, bien décidée à devenir impératrice, convainc Néron qu'il répudie son épouse Octavie et condamne à mort le philosophe Sénèque, mentor de l'Empereur, hostile à leurs projets ».

Duccio était sur d'avoir bien préparé son coup. Et il avait prévu de l'asséner à la table d'honneur présidée par le couple Lemarchand, lors du diner de gala servi dans le grand foyer après la représentation.

LUNDI 16 JUILLET 1990, 22H

La représentation avait été à la hauteur des attentes de tous les amateurs d'opéra dont certains s'étaient littéralement battus pour obtenir une place afin d'assister à cette ultime représentation à Garnier. Trente cinq rappels avaient salué la performance des chanteurs mais également la parfaite maîtrise de l'orchestre dont la baguette avait été tenue avec sa maestria habituelle par le grand chef William Christie. Duccio Carpi, dont les costumes avaient été également fort appréciés était apparu sur scène, étroitement solidaire de tous ceux, et ils étaient nombreux à avoir travaillé dans l'ombre, qui avaient œuvrés pendant des semaines pour rendre cette soirée inoubliable.

Gabriella était heureuse, Fiodor l'avait accueillie dans la voiture comme à son habitude et il semblait avoir été ravi du spectacle.

Accompagnés par Sylvain qui s'occupait à la fois de la voiture et de la sécurité rapprochée de Fiodor, ils se dirigèrent tous trois vers le grand foyer pour rejoindre leur table dont l'emplacement avait déjà été repéré par Sylvain pendant l'entracte.

Duccio les accueillit et leur indiqua d'un geste, à tous deux, leur place. Dix couverts étaient dressés et vinrent s'installer successivement et au fur et à mesure de leur arrivée, l'ambassadeur d'Italie et son épouse, le secrétaire général de l'Elysée et Madame et Frédérique Bastien, la toute nouvelle rédactrice en chef de Mode-Mode et Mode, le dernier hebdo dont tout le monde parlait. Duccio Carpi qui s'était un instant absenté s'avança alors vers la table accompagné des deux convives dont les noms n'avaient pas été annotés sur les bristols prévus à cet effet et qui étaient placés de part et d'autre de Gabriella.

Celle-ci ne pût retenir un mouvement de recul, elle vit arriver Duccio escorté par les deux dernières personnes qu'elle aurait voulu avoir à ses côtés ce soir : Mario Ancelotti accompagné de son épouse.

Gabriella, l'esprit flottant en plein brouillard, tendit une main glacée à Mario Ancelotti qui s'était approché pour un baisemain alors que son épouse qui s'était déjà assise avait commencé à déplier sa serviette sans adresser une seule parole à Gabriella.

Le souper fût, pour Gabriella, un calvaire. Elle comprenait trop bien que la présence de ces deux personnages à cette table, de plus chaperonnés par Duccio, n'avait rien d'innocent, mais elle ne comprenait pas très bien le but de l'éventuelle manœuvre. Bien que fort mal à l'aise, elle fit cependant ce qu'il fallait pour remplir son rôle d'hôtesse et tenta avec Fiodor d'animer la conversation comme toute maîtresse de maison s'applique à le faire.

Heureusement, la torture allait rapidement prendre fin car, dans ce type de grande réception, le diner doit toujours être expédié en moins d'une heure afin d'éviter de donner aux invités l'impression toujours désagréable d'une soirée qui traîne en longueur.

Au moment où la coupe glacée était déposée devant chaque convive, Gabriella sentit que Madame Ancelotti lui glissait clandestinement un petit papier sous la table, papier qu'elle déposa sur ses genoux. Totalement surprise et intriguée, Gabriella qui n'avait pas échangé un seul mot avec sa voisine pendant tout le diner, ramena le papier sur la table et le déplia discrètement, juste assez pour qu'elle puisse déchiffrer ce qui y était inscrit..

À sa lecture le visage de Gabriella prit instantanément un aspect livide dans le même temps que ses yeux exprimèrent un sentiment de haine et de douleur mélangés. Sans réfléchir une seule seconde, et d'instinct, elle prit alors sa fourchette qui n'avait pas encore été débarrassée et la planta avec une violence inouïe sur le dessus de la main de sa voisine qui se mit aussitôt à hurler.

Puis, dans le brouhaha créé par l'incident, elle sortit instantanément de table et juste avant de s'éclipser en courant, elle se tourna vers Madame Anceloti qui pleurait, et l'injuria en italien :

— Porca puttana troia *
Pezo di merda **
Raggaza cagna ! ***

Le capricieux, rouge de confusion et pour une fois dépassé par ce scandale qu'il n'avait pas initié, demanda alors à Sylvain de lui faire passer le papier qui était resté posé sur la table.

Il y lût :

« Gabriella Poppée, après avoir échoué une première fois avec Monsieur Mario Ancelotti va-t-elle enfin épouser son César et se débarrasser de Duccio Carpi comme César l'a fait pour Sénèque ? »

XXX

Gabriella avait enlevé ses chaussures à talons afin de pouvoir dévaler plus rapidement les marches du grand escalier puis avait, pieds nus et en larmes, hélé un taxi afin qu'il la reconduise chez elle.

Rentrée dans son appartement, elle s'était précipitée sous la douche pour tenter d'effacer toutes les souillures de cette horrible soirée. Sortie de sa salle de bain, revêtue d'un peignoir, elle avait tenté calmement d'analyser la situation. Bien entendu, c'était Duccio qui avait monté le coup, elle

---

* * salope de merde ** ordure *** fille de pute

avait pu apercevoir, juste avant qu'elle ne parte le petit clin d'œil entendu qu'il avait adressé à « La Ancelotti ». Bien sur, elle considéra qu'elle y avait été un peu fort avec cette dernière et qu'elle devrait s'excuser auprès de Fiodor, mais elle espérait également que cette fois ci, il aurait enfin compris combien Duccio était sournois et prêt à tout pour l'écarter. Peut-être même que ce scandale qu'elle considérait avoir subi plutôt que provoqué serait finalement dans sa relation avec son amant, un mal pour un bien ?

XXX

Lorsque l'interphone sonna quelques minutes plus tard et que Sylvain annonça à Gabriella que son patron souhaitait lui parler, Gabriella fût instantanément soulagée. Elle était certaine de pouvoir lui donner les explications qui excuseraient sa conduite.

Quelques secondes plus tard, Sylvain fit son entrée, suivi du Capricieux qui, pour une fois manœuvrait seul sa chaise. Gabriella se précipita vers lui pour lui exprimer sa colère et en même temps pour s'excuser de s'être emportée de la sorte en public, mais avant même qu'elle n'ait pu articuler un seul mot, Sylvain la stoppa et lui assena une paire de gifles d'une telle violence que celle-ci se trouva projetée à deux mètres allongée sur le sol.

Le capricieux la fixa alors avec une lueur dans les yeux qu'elle ne connaissait pas et qui projetait à ce moment là les éclats d'un regard de quasi dément. D'une voix d'outre tombe qui exprimait tout à la fois mépris, fureur et amertume, il lui hurla :

— Va-t-en, je ne veux plus jamais te revoir ! Te rends tu comptes de l'affront que j'ai du subir tout à l'heure ? Une femme qui préside à ma table et qui se conduit comme la dernière des filles de rue ! Tu n'as aucunes excuses ! Comment ai-je pu être dupe de ton manège ? C'est Ducccio qui avait raison, depuis le début, tu ne cherches qu'une chose : profiter de mon infirmité pour prendre deux fois le pouvoir, sur moi et sur Seize718. Eh bien, cette fois ci, tu auras échoué. C'est fini ! Tu vas commencer par démissionner de tous les postes que tu occupes encore dans mes entreprises, tu laisseras tes lettres dans ta boite et Sylvain passera les chercher demain et je te donne quarante huit heures pour disparaitre et, non seulement, je t'interdis désormais de travailler dans une quelconque société ou journal qui, de près ou de loin, approche le domaine de la mode, mais de plus, je ne veux plus jamais te savoir en Europe. Si tu contrevenais à cette interdiction, sache que je saurai employer des moyens susceptibles de te rappeler ce que je viens de te dire.

Je veux que désormais tu vives dans la peur !

Lorsque tu auras, après demain au plus tard, choisi ton point de chute, appelle Sylvain, il te conduira lui-même à l'aéroport afin que je sois certain de ton départ et de ta destination.

Puis sans un mot supplémentaire, il demanda à Sylvain de le pousser vers la porte de l'ascenseur et ils disparurent tous deux aux yeux de Gabriella toujours allongée par terre.

<h1 style="text-align:center">XXX</h1>

Ce soir là Gabriella avait compris que tout était fini.

Elle avait parfaitement intégré ce que Fiodor lui avait signifié : comme des années auparavant, avec Mario Ancellotti, elle se trouvait écartée au moment où elle touchait pratiquement au but. Mais aujourd'hui cela était autrement plus grave Elle avait, et pour la première fois de sa vie réellement peur. Elle avait vu Fiodor à l'œuvre et elle savait de quoi il était capable et les moyens, même les plus « radicaux » qu'il était prêt à employer pour arriver à ses fins. L'ignoble, soudain et définitif comportement de Fiodor ne pouvait pas laisser la place au doute. Elle se devait de disparaître et même, au sens littéral du mot, de se sauver.

Ayant passé le reste de la nuit à refaire le film douloureux de cette soirée qui avait pourtant si bien commencée, au matin, elle tenta de rassembler ses esprits et de hiérarchiser ses priorités.

Elle attendit neuf heures et demie puis téléphona à sa banque, demanda son conseiller habituel et l'informa qu'elle passerait en début d'après midi pour solder son compte et lui indiqua qu'elle souhaitait qu'il prenne ses dispositions afin qu'elle soit réglée en liquide. Moins d'une heure plus tard, elle avait rédigé les six lettres de démission des divers postes de direction qu'elle occupait encore jusqu'à ce matin, puis, entreprit de rassembler les quelques affaires qu'elle souhaitait emporter ainsi que bien entendu les nombreux bijoux que lui avait offert Fiodor depuis deux ans. Après un dernier coup d'œil circulaire en direction de cette résidence que lui avait loué Fiodor depuis le début de leur liaison et où tant de souvenirs heureux flottaient encore, ses deux valises en main, elle sortit de l'appartement, ferma dans un geste automatique la porte d'entrée à double tour et après avoir déposé ses lettres de démission dans sa boite aux lettres, rejoignit la rue. De rage, elle jeta les clefs dans le caniveau et du bout de sa chaussure, les accompagna jusqu'à ce qu'elles soient aspirées par une bouche d'égout, puis, elle traversa la rue et prit une chambre pour la nuit dans le petit Hôtel situé juste en face de ce qui était encore, jusqu'à ce matin, chez elle.

Ayant pénétré dans la petite chambre de l'hôtel et déposé ses valises, Gabriella, totalement désemparée se mit alors à réfléchir : il fallait qu'elle disparaisse définitivement aux yeux de Fiodor : c'était un impératif, mais pour aller où ?

Et surtout, comment refaire sa vie la peur au ventre et loin du monde qui avait été le sien toutes ces dernières années et qui au final était en train de la détruire ?

MERCREDI 13 JUILLET 2011, 18H

Désiré avait introduit le préfet Fresson et le commissaire Pringent dans le bureau du premier étage où Le capricieux les attendait. Ils avaient été averti par Bastien deux heures plus tôt qu'Adrien, le fils de Fiodor Lemarchand avait été enlevé et que ce rapt était lié aux incidents dont ils avaient connaissance et qui avaient jalonné sa vie depuis un an.

Le capricieux n'avait pas voulu esquiver les questions embarrassantes et, sans préambule, il s'était exprimé à l'attention des deux policiers : oui, il avait omis de parler de Gabriella Bellozi qu'il avait soupçonnée il y a déjà une semaine ; oui, il leur avait caché que Bastien Guyvarch était parti sur ses instructions à Chicago pour tenter de retrouver cette femme ; oui, il savait qu'elle était morte et enterrée et oui, il avait omis également de leur signaler la teneur des mots anonymes qui avaient accompagné par trois fois chacune de ces horribles mises en scène.

Pringent prit alors le relai et expliqua qu'il avait réussi à faire le recoupement entre ces mises en scène macabres et les disparitions simultanées de fœtus au musée Dupuytren. Il raconta également ce qu'il avait pu glaner comme informations auprès du gardien-complice du musée, actuellement en garde à vue et notamment que le suspect serait à priori un homme avec un fort accent anglais.

Il tenta ensuite de résumer pour l'assemblée ce que l'on savait :

« Votre fils a été kidnappé

Son enlèvement est probablement lié à Madame Gabriella Bellozi.

Cette femme repose depuis deux ans au Cimetière de Mount Olivet à Chicago.

Cette même femme est sortie du territoire français le 19 juillet 1990 et n'y est jamais revenue.

Quelqu'un s'est probablement substitué à elle pour accomplir cette vengeance post mortem.

On ne connait pas le lieu où est séquestré votre fils.

On ne connait pas plus l'identité et les revendications de celui ou de celle qui le séquestre.

Il vous est demandé d'attendre le 16 juillet prochain pour savoir à quoi vous en tenir. »

Le capricieux qui avait écouté avec attention, remercia Pringent pour son exposé et promit de les tenir au courant du moindre élément nouveau dont il pourrait avoir connaissance touchant à l'enlèvement de son fils.

Les deux policiers promirent de faire de même et Fresson demanda à Pringent que celui-ci fasse mettre une voiture de police en faction permanente devant le domicile des Lemarchand.

Puis, ils prirent congé.

Dans la voiture qui les ramenait au commissariat, les deux hommes étaient songeurs. L'affaire prenait une tournure qui commençait à sentir vraiment mauvais. C'est le Préfet Fresson qui rompit le premier le silence :

— *Pringent, compte tenu de la pointure de Fiodor Lemarchand, pour vous comme pour moi, je vous conseille de me détricoter cette affaire qui pue et ce, dans les plus brefs délais, sinon, je pense que vous pourrez dire adieu à vos rêves de promotion !*

MARDI 17 JUILLET 1990, 15 H

PARIS

De retour de la banque, Gabriella, assise sur le petit fauteuil de sa chambre d'hôtel, passait à nouveau en revue toutes les maigres possibilités qui s'offraient à elle.

Toutes les relations ou amitiés qu'elle avait pu se constituer lors des deux dernières années à Paris et qui auraient pu soit la conseiller, soit accessoirement l'aider à trouver un point de chute étaient, comme par hasard injoignables... Les réseaux de Fiodor avaient du fonctionner efficacement dès le petit matin...

Elle remonta alors plus loin en arrière jusqu'à ses années milanaises et même au delà, jusqu'à son enfance et sa jeunesse dans les faubourgs de Naples et c'est en fouillant bien profond dans sa mémoire, qu'elle eût tout à coup comme une illumination et se rappela d'Angelo, l'amoureux transi de sa jeunesse pour qui elle avait éprouvé jadis une très sincère sympathie et qui continuait sans espoir à lui écrire deux ou trois fois par an des lettres qu'elle parcourait d'un œil distrait sans même se donner la peine de lui répondre. Elle se souvenait qu'il l'avait avertie de son départ pour les USA il y a trois ou quatre ans. Il vivait désormais, lui avait-il indiqué à Chicago et elle avait même noté distraitement ses coordonnées pour le cas où... Le cas se présentant, aujourd'hui, son esprit avait balancé et pesé le pour et le contre de tenter un SOS envers un homme pour qui elle avait de l'estime certes mais qu'elle avait tout de même fait involontairement, souffrir par le passé. Elle se décida finalement, après avoir vérifié que le décalage horaire ne poserait pas de problème, à formuler sur son téléphone portable le numéro d'Angelo.

Il était huit heures du matin à Chicago lorsqu'Angelo décrocha.

— Bonjour Angelo, j'espère que je ne te réveille pas ? commença Gabriella

Avant même que celle-ci ne se soit nommée, Angelo avait réagi

— Gabriella, tu es à Chicago ?

— Non, non, je suis à Paris mais pour des raisons que je ne peux pas t'expliquer au téléphone, je dois quitter l'Europe précipitamment et j'aurais aimé savoir si j'étais amenée à débarquer à Chicago ces tous prochains jours, si tu serais susceptible de me trouver une solution temporaire de logement, le temps que je me retourne ?

Angelo n'en croyait pas ses oreilles : Gabrielle, sa chère Gabriella lui demandait de l'aide.

— Mais Gabra (c'est le surnom qu'il lui avait donné dans le temps) lui rétorqua- t- il aussitôt, il existe une solution très simple : tu peux t'installer chez moi le temps qu'il faudra.

Gabriella, très touchée par la proposition, sembla hésiter pendant un court instant mais l'urgence de sa situation lui dictait la conduite à tenir : il fallait qu'elle parte le plus vite possible et elle considérait cette opportunité d'avoir, quelque part et surtout loin de Fiodor, un point de chute assuré, comme un immense soulagement.

Elle accepta donc la proposition d'Angelo avec un enthousiasme qui la surprit elle-même.

Celui-ci lui proposa d'aller la chercher à l'aéroport. Elle promit de le rappeler dans la journée pour lui donner les coordonnées de son vol, et ils raccrochèrent en s'échangeant une bise qui traversa l'Atlantique.

Pour Gabriella, ce fût la première bonne nouvelle depuis trente six heures

MERCREDI 13 JUILLET 2011, 20H

PARIS

Jacques Pringent n'avait pas vraiment confiance en la parole de Fiodor Lemarchand. S'il s'agissait d'une classique demande de rançon suite à l'enlèvement du fils d'un milliardaire, il y a fort à parier que le ravisseur voudra se garantir de la mise hors circuit de la police en faisant pression sur le père et Jacques était certain dans ce cas que Fiodor Lemarchand voudra effectuer, avec l'aide de sa garde rapprochée, la transaction tout seul. S'il s'agissait à l'opposé d'une affaire beaucoup plus complexe et sordide dont les éléments d'explications remontent à plus de vingt ans, là encore, Pringent était prêt à mettre sa main au feu : il était certain que Fiodor Lemarchand n'avait pas tout dit et gardait pour lui seul les éléments qui pourraient expliquer tout ce qui l'affectait dans ce crescendo inquiétant depuis maintenant un an.

Jacques ne savait pas trop de quel côté pencher lorsque son téléphone de service vibra. C'était Phil Carter qui l'appelait à nouveau de Chicago.

— Jacques, j'ai du bon et du moins bon pour toi. Je commence par le moins bon : le compagnon de Gabriella

Bellozi était un homme sans histoires, émigré italien, arrivé aux States en 1986. Il s'est tout de suite installé à Chicago dans le quartier de East Garfield Park, à l'époque un des plus misérables de la ville, mais qui a l'avantage d'être à quelques blocks de little italy. Il a été très vite embauché comme conducteur de métro et y a fait toute sa carrière jusqu'à ce qu'il meure d'un cancer il y dix ans. Aucune condamnation, rien de particulier à signaler sur l'homme si ce n'est qu'il a élevé un fils qui est né à Chicago le 12 mai 1990. La mère a disparue tout de suite après l'accouchement.

Au chapitre des bonnes nouvelles, le fils en question qui s'appelle Bobby Napolitano a demandé il y a dix-huit mois un visa pour la France et il n'est pas revenu aux Etats-Unis depuis cette date.

— Merci Phil, répondit Pringent, ce que tu viens de me dire conforte une des deux pistes de l'histoire que je suis en train d'essayer de détricoter. Ce Bobby m'intrigue, est-ce que tu peux creuser un peu plus concernant ce gamin ?

— OK, je mets mes hommes sur le garçon et je te rappelle aussitôt que j'ai du nouveau.

Enfin, quelque chose de concret ! pensa Pringent en raccrochant. Il décida aussitôt d'alerter police des frontières, organismes sociaux et fichiers de la police pour lancer une enquête en France sur ce Bobby Napolitano qui tout à coup était devenu un homme au profil bien intéressant...

Mais en France, où était-il et que faisait-il ?

Qui était ce garçon qui visiblement détenait une partie du mystère ?

ANNEES 1990/2000

CHICAGO

Bobby Napolitano était un grand échalas d'un mètre quatre vingt cinq, maigre à faire peur dont les épaules étroites étaient surplombées par une tête dont les trait étaient pour le moins contrastés : un visage fin se terminant vers le bas par une mâchoire carrée dont la peau des joues était partiellement grêlée suite probablement à des boutons de puberté mal cicatrisés, une longue chevelure blonde et bouclée attachée en queue de cheval par un simple élastique, une bouche très étroite et pincée qui s'entrouvrait à peine lorsqu'il s'exprimait et pour finir, paradoxalement, d'immenses yeux verts dotés d'une prunelle d'une grande douceur qui venaient compenser ces signes physiques peu engageants.

Bobby n'avait jamais connu sa mère. Son père lui avait expliqué lorsqu'il eût l'âge de comprendre qu'elle avait disparue le jour même de l'accouchement et qu'il ne l'avait plus jamais revue. Seule, Gabriella, l'amie de son père et également sa marraine, si belle et si fragile, lui avait offert, les rares fois où il était à la maison, une touche bienvenue de douceur féminine. Car la vie de Bobby avait été depuis tout petit une vie de « sans famille ». Il avait tout de suite été placé par son père en nourrice chez un pécheur de saumon à Port Clinton dans l'Ohio, au bord du lac Erie. Les seuls souvenirs qu'il conservait de ces cinq années passées là bas étaient le contact sans chaleur de la poitrine de sa nourrice, la main calleuse et rugueuse de son mari lorsqu'il le corrigeait et les tracasseries que lui infligeaient les trois enfants du couple dont deux étaient plus âgés que lui. Mais à tout prendre, à cette époque, Bobby se disait qu'il avait au moins eu le sentiment d'avoir eu un foyer.

Ensuite, il fila tout droit en internat, et ce, dès l'elementary school, puis il avait enchainé et voyagé de middle school en high school, toujours plus loin de sa ville natale. Finalement il avait échoué au Pacific Collegiate Charter à Santa Cruz en Californie, une des meilleures high school du pays

Il avait compris très tôt, en rentrant chaque fin de trimestre à la maison, que c'était sa marraine, Gabriella Bellozi, qui vivait avec son père, qui s'intéressait à ses études, qui le poussait à l'excellence dans le travail mais surtout, qui, possédant un peu d'argent, réglait le prix exorbitant de ses pensions.. Elle lui avait répondu lorsqu'il lui avait posé la question qu'elle faisait ce geste par gratitude envers son père.

Bobby, justement, connaissait très peu son père mais cependant suffisamment pour qu'il soit fier de lui. Celui-ci était, depuis qu'il était arrivé à Chicago, conducteur du fameux métro de Chicago, le « L », devenu l'un des symboles de la ville et qui est considéré par ses habitants comme l'une des « sept merveilles de Chicago », derrière le lac Michigan mais devant la Willis Tower, la Water tower, et l'Université.

Son père conduisait, aux commandes de sa mythique locomotive de la série 2600, la plus performante et la plus nombreuse sur le réseau, une rame de la fameuse « blue line », la ligne la plus longue, celle qui relie l'aéroport international O'Hare à la station Forest Park en croisant le Loop, en souterrain, dans le centre de la ville. C'est la deuxième ligne la plus fréquentée de la ville qui transporte cent cinquante mille voyageurs par jour et qui fonctionne vingt heures sur vingt et sept jours sur sept. En dehors du fait que le père de Bobby adorait son métier, l'avantage pour lui de conduire sur la blue line était double : quand il rentrait chez lui le soir, un de ses collègues aux manettes l'arrêtait à la station Kedzie-Homan, tout proche de la petite rue où il habitait dans East Garfield Park et quand il voulait aller à la rencontre de ses compatriotes et boire un coup dans un bistrot de little italy, il descendait tout simplement à Racine.

Même si Bobby avait été pendant ses longues années d'études, toujours entouré de camarades qui partageaient le même sort que lui, le fait d'être en permanence à des milliers de miles de sa ville natale, avaient développé chez lui un tempérament de solitaire. Il se marginalisait souvent volontairement et de ce fait, n'avait pas créé de liens d'amitiés particuliers avec ses camarades d'école. Comme d'autre part, il était le plus souvent parmi les meilleurs de sa classe, son attitude était souvent prise pour du dédain et l'avaient fait cataloguer par « les autres » comme un aso-cial.

À la fin de ses études secondaires, il avait intégré le campus de l'Université de Chicago où il s'était inscrit en médecine, car Bobby avait la vocation. Il avait tenté d'analyser le pourquoi de ce penchant vers le monde médi-cal et la seule explication rationnelle qu'il ait pu trouver réside dans le fait que son père était mort d'un cancer dix ans plus tôt et, dans sa tête d'enfant - il avait alors un peu plus de dix ans - il avait imaginé que s'il avait été près de lui, il aurait pu peut-être aider à le sauver. Mais à l'époque, étant trop loin et en pleine année scolaire, il n'avait pu ni le voir une dernière fois, ni même se rendre à son enterre-ment. Une deuxième raison tenait au fait que sa marraine, depuis toujours dépressive, apparaissait le plus souvent, les rares fois où il avait le bonheur de rentrer chez lui, comme sans ressorts et sans forces, réfugiée la plupart du temps dans le fond de son lit. Bobby s'était souvent demandé quel pouvait être la ou les raisons qui avaient pareillement dé-traqué la psychologie de sa marraine et il avait imaginé qu'au travers de ses études il pourrait peut-être y trouver une solution.

Grace à l'argent de l'assurance qu'elle avait touchée lors du décès de son père, elle avait pu ouvrir une trattoria dans le quartier de little italy et, pendant les dix dernières années, Bobby avait pu constater une nette amélioration de son état de santé. Mais, l'an dernier, elle avait rechuté et les médecins, que Bobby avait rencontrés, semblaient pour le moins inquiets.

Ce jour là, Bobby était en amphithéâtre en train d'assister au cours de biologie consacré aux principaux facteurs et mécanismes de la virulence bactérienne, lorsqu'un appariteur vint lui apporter un message consigné sur une feuille de papier de l'hôpital, intégré à la faculté :

Sa marraine, Gabriella Bellozi, qui était hospitalisée depuis quatre mois en cancérologie le réclamait de toute urgence à son chevet.

MERCREDI 13 JUILLET 2011, 20H

PARIS

Le capricieux n'avait pas tout dit hier aux policiers.

Il avait gardé bien dissimulé tout au fond de sa mémoire un évènement qui était survenu juste une semaine avant la scène scandaleuse de l'opéra, quelques heures avant qu'il ne s'envole pour New-York pour une semaine et dont il se remémorait aujourd'hui les détails avec angoisse.

Pourvu que ce à quoi il pensait ne s'avère pas exact, sinon, les conséquences risqueraient d'être, pour lui mais surtout pour Adrien, totalement désastreuses !

JEUDI 14 JUILLET 2011, 21H30

PARIS

La petite salle de l'Aktéon croulait sous les applaudissements. Toute la troupe était sur scène et, main dans la main, Jacques-Alceste et Pétronille-Célimène, prenaient toute leur part au bon accueil qu'avait reçu la pièce de ce public à la fois familial - il y avait là, la mère, le frère et la belle sœur de Jacques, local- il y avait là le maire du 11ème et sa femme et professionnel - il y avait là Géraldine Méplat qui avait mis en scène la pièce mais également son époux qui, lui, toujours sociétaire de la comédie française, avait, toute la troupe l'espérait, apprécié en connaisseur.

Une fois le rideau tombé, en coulisse, tous les acteurs s'étaient précipités les uns vers les autres pour s'interpeller, s'embrasser et se féliciter dans un brouhaha et une cacophonie générale.

Une fois rhabillés en civil et avoir recueillis les félicitations de la famille et des amis présents dans la salle, il était convenu qu'ils se retrouvent tous au restaurant « Les enfants terribles » situé à deux pas de l'Aktéon pour le fameux débriefing qui suit en général les représentations théâtrales importantes. En fait, ce moment sacré est bel et bien une sorte de thérapie salutaire où tout le stress, les rivalités éventuelles, les petites ou grosses frustrations, accumulées pendant les longs mois de préparation, toutes les erreurs petites ou grandes commises sur scène ce soir là et tout ce que chacun a pensé de la prestation de chacune, sont débattues cash, librement, sans ordre prioritaire et sans retenue aucune.

Deux heures durant, la chaleur de juillet, la boisson et les calories ingurgitées aidant, l'ensemble de la troupe avait ainsi non seulement réussi à évacuer trac, angoisses et non dit des dernières semaines mais s'était également fermement ressoudée pour une éventuelle nouvelle aventure théâtrale.

Jacques aimait bien ces moments où les masques tombaient au cours desquels on pouvait sans crainte du jugement de l'autre, tout se dire. Il avait d'ailleurs décidé ce soir là d'adapter la méthode dans son commissariat à la clôture de chaque enquête policière...

Après les cafés, et déjà passablement épuisé, Jacques avait décidé de rentrer chez lui, mais Pétronille qui s'était assise à côté de lui et qui, il l'avait remarqué, ne l'avait pas quitté des yeux, lui proposa de retrouver des amis sur la petite placette située devant la mairie du 3ème arrondissement où un bal du 14 juillet était donné, et ce, à l'emplacement même de la fameuse et sinistre tour du temple ou Louis XVI, Marie Antoinette et leurs enfants avaient été enfermés avant leur exécution, entre six mois pour le feu Roi et quatre ans pour le dauphin Louis XVII qui lui, était mort des mauvais traitements infligés par ses gardiens.

Comme Jacques aimait bien cette petite comédienne dont la jeunesse et l'enthousiasme l'émoustillait, il accepta et se retrouva avec amusement, une demi heure plus tard, mêlé, aux côtés de Pétronille et de ses amis aux flonflons, rugissements d'orchestre, rumbas, javas et pasodobles de tout bal de quatorze juillet qui se respecte.

Pétronille, il l'avait bien senti lorsqu'il avait dansé dans le cours de la soirée avec elle, aurait eu une furieuse envie de finir la nuit avec lui, mais en dépit du fait qu'il se sentait tout à fait prêt à céder à cette mignonne tentation, Jacques lui fit comprendre qu'il ne se sentait pas l'esprit suffisamment libre pour accepter et ils se séparèrent avec la promesse réciproque de se revoir très vite.

Fiodor et Adrien Lemarchand, Gabriella Bellozi et Bobby Napolitano étaient depuis quelques minutes revenus en force dans ses pensées et avaient désormais totalement remplis l'espace de son cerveau de bon flic !

VENDREDI 15 JUILLET 2011, 12H

PARIS

Jacques Pringent avait reçu les informations qu'il avait demandé concernant Bobby Napolitano. C'est la caisse nationale de l'assurance maladie qui avait été la plus rapide. Bobby était inscrit depuis dix-huit mois à la faculté de médecine Pierre et Marie Curie de Paris dans le cadre d'un échange MICEFA (Mission interuniversitaire de coordination des échanges franco-américains). La faculté de médecine de Chicago l'avait sélectionné pour parfaire en France pendant deux ans ses études de biologie médicale. Bobby Napolitano avait également obtenu la possibilité de louer une chambre au sein du campus de Jussieu. Comme une information judiciaire avait été ouverte par le juge d'instruction depuis hier, Pringent s'était précipité sur son téléphone dans l'idée de joindre le juge et d'obtenir de sa part une commission rogatoire permettant de perquisitionner la chambre de Bobby Napolitano dès cet après-midi. À quatorze heures, le papier demandé était sur la table de Pringent qui demanda aussitôt à deux de ses adjoints, de l'accompagner sur place.

La perquisition n'apporta pas grand chose de décisif, le dénommé Bobby Napolitano n'était pas chez lui et tout laissait à penser qu'il n'avait pas mis les pieds dans sa chambre depuis plusieurs jours : lit non défait, salle de bain impeccable, coin cuisine sans aucune trace ni de nourriture ni même d'un café du matin pris à la va vite. Par contre, les policiers trouvèrent une palette de maquillage largement utilisée et surtout plusieurs plans de Paris sur lesquels la rue Velasquez où habitaient les Lemarchand était abondamment surlignée au feutre de couleur ainsi que divers itinéraires à travers Paris qui, tous partaient de la place de l'Etoile pour s'arrêter à l'entrée des périphériques extérieurs, le plan n'allant pas au delà de Paris intra muros.

Pour Pringent, ces deux indices étaient suffisamment clairs, la palette de maquillage avait servi à grimer horriblement le fœtus que Fiodor Lemarchand avait découvert la semaine dernière au bord de sa piscine et c'était donc Bobby Napolitano qui avait non seulement dérobé les fœtus au musée mais également les avait ensuite mis en scène pour effrayer Fiodor Lemarchand. Quand au plan de Paris annoté, il montrait à l'évidence que c'est ce même garçon qui devait être à l'origine de l'enlèvement d'Adrien Lemarchand.

Ainsi donc, c'était à coup sur le même homme qui était au centre de ce que subissait la famille Lemarchand depuis un an.

Mais, pour quelle raison obscure, ce jeune Bobby Napolitano avait-il mis ne mouvement tous les rouages de cette machination en lieu et place de Gabriella Bellozi morte et enterrée depuis deux ans ?

MERCREDI 14 JANVIER 2009, 10H

CHICAGO

Bobby Napolitano était entré dans la chambre d'hôpital un petit bouquet de fleurs à la main. Il l'avait déposé sans un mot sur la table qui faisait face au lit puis après avoir d'un coup d'œil constaté les dégâts qu'avaient déjà causé la maladie sur la si jolie figure de sa marraine, il s'était assis près d'elle au bord du lit et lui avait pris doucement la main. Celle-ci qui somnolait avait ouvert alors les yeux et, le reconnaissant, l'avait gratifié d'un sourire qui avait fait rayonner son beau visage vieilli avant l'âge. Elle avait pris alors ses deux mains dans les siennes et s'était adressé immédiatement à lui d'une voix faible mais qui avait gagné peu à peu en intensité au fur et à mesure des confidences qu'elle avait décidé de lui formuler.

— Bobby, écoute moi et s'il te plait, ne m'interromps pas, ce que je vais te confier va à la fois t'étonner, te peiner et même surement te révolter, mais mes jours étant comptés aujourd'hui, je vais enfin pouvoir me libérer de ce qui pèse sur ma conscience depuis plus de vingt ans.

Et elle avait enchainé sans même reprendre sa respiration devant un Bobby dont l'esprit s'était soudain mobilisé par les sous entendus mystérieux de cette entrée en matière :

— Bobby, je suis ta mère et Adriano Napolitano n'est pas ton père !

Puis, la mère de Bobby avait eu la force, malgré la douleur qui ne la quittait jamais, de tout lui raconter : elle lui avait parlé de sa jeunesse à Naples, de ses rêves et de ses ambitions, de son désir de sortir de sa condition et finalement, à dix-huit ans, de son installation et de ses premiers pas professionnels à Milan. Elle lui avait caché les moyens sournois qu'elle avait employés au début de sa vie professionnelle pour grimper dans l'échelle sociale et la raison pour laquelle elle avait atterri à Moscou pour y diriger le bureau de Modissima Moda, mais elle lui avait, par contre, relaté dans le détail sa rencontre avec « Lui » et pour la première fois en ce qui la concernait, l'amour fou qu'elle avait ressenti envers cet homme si étrange, à la fois si fort et si fragile, amour qu'elle avait jusqu'à la fin imaginé réciproque bien qu'il fût marié. Elle parla de ses deux années de bonheur, des voyages, des palaces, mais surtout de l'annonce de sa grossesse à Fiodor :

— Ce jour là, commença-t-elle, Fiodor était arrivé tôt le matin et à l'improviste dans l'appartement de l'avenue George V afin de lui laisser deux trois instructions auxquelles il avait pensé dans la nuit et concernant le prochain séminaire de cadres supérieurs de Seize718 qui devait se tenir début septembre à Lausanne. Remarquant dès son entrée sa mine radieuse, elle lui avait confié avec un sourire de satisfaction non dissimulé qu'elle pensait être enceinte de deux mois. Elle lui avait confirmé avoir fait plusieurs tests dont elle avait eu les résultats hier au soir : ils étaient tous positifs. Elle ajouta qu'elle avait l'intention de lui en parler dès son retour de New-York mais que sa présence ce matin était donc pour elle un heureux concours de circonstance.

Il l'avait, à son habitude, écouté sans broncher, mais à son grand désespoir, sa réaction fût immédiate et violente : « Il n'était pas question qu'elle garde cet enfant, cela créerait beaucoup trop de problèmes au sein de sa famille et de son entreprise, déjà, tout le monde jasait et il se donnait un mal fou pour éviter que la presse ne se mêle de leur histoire ! »

Il lui avait rappelé à cette occasion qu'il ne souhaitait ni divorcer, ni à fortiori l'épouser et qu'il était donc nécessaire qu'elle pratique une IVG dès cette semaine. Il ajouta qu'il ne voulait plus jamais entendre parler de cette folie et qu'il fallait que ce soit réglé à son retour des States.

Fiodor avait pris alors la décision de téléphoner en sa présence à son ami, le Professeur Hermann à qui il expliqua ce qu'il souhaitait. Elle savait que Fiodor pouvait compter sur lui, Hermann lui était redevable, il lui avait confié il y a quelques mois être intervenu l'année passée en sa faveur auprès du ministre des finances pour faire clôturer un contrôle fiscal qui aurait du lui couter très cher...

Rendez-vous fût pris pour l'après midi même et Fiodor demanda à Sylvain de l'accompagner chez le professeur afin de récupérer la preuve du bon déroulement de l'opération.

Elle avait ajouté pour Bobby comment elle avait, en pleurant, en suppliant même, réussi au bout d'une heure à faire fléchir le professeur Hermann et à lui faire écrire un faux certificat d'IVG dont Fiodor avait pris connaissance dans son jet alors au dessus de l'Atlantique.

Elle n'avait rien caché à Bobby des obstacles qu'elle avait rencontrés auprès des proches de son amant, des intrigues sournoises et permanentes de Duccio Carpi, du début des difficultés dont elle avait négligé les conséquences éventuelles et de la manière ignoble dont s'était opérée leur séparation après le traquenard de la soirée à l'Opéra. Elle avait relaté la paire de gifle, les menaces, l'interdiction faite désormais de pratiquer son métier, les hommes de main de Fiodor qui, à tout moment pouvaient la faire souffrir, mais surtout, sa peur concernant l'enfant qu'elle portait en son sein. Elle était persuadée que si Fiodor apprenait sa naissance, il ferait tout pour le supprimer. Elle avoua alors à Bobby, comment, après son arrivée à Chicago et avoir été si généreusement recueillie par Alfredo, elle avait pendant huit mois dissimulé sa grossesse en restant enfermée chez lui, comment elle avait soudoyé une infirmière de l'hôpital afin qu'elle attribue la naissance de son enfant à une femme ayant accouché sous X, comment ensuite, elle avait payé un employé municipal pour qu'il anticipe de quelques mois la date de sa naissance, et comment, pour finir, Alfredo Napolitano avait généreusement accepté d'en devenir officiellement le père.

Mais malgré ce subterfuge, la peur continuait à la poursuivre, elle pensait que le danger n'était pas forcément totalement écarté, et, à contre cœur, devenue officiellement la marraine de son fils, elle avait pris la décision de l'éloigner immédiatement et quasi définitivement d'elle afin que personne ne soupçonne jamais son réel lien de parenté. C'est ainsi qu'elle l'avait envoyé en nourrice en Ohio, puis lui avait fait effectuer ses études, certes dans les meilleures pensions, mais toujours le plus loin possible de Chicago. La contrepartie négative de cette relative mise à l'abri de son rejeton était de ne jamais pouvoir ni le serrer contre son cœur ni lui expliquer le réel pourquoi de cette vie toujours séparée des siens.

Mais surtout, elle avait été intarissable sur « l'Homme » qu'elle avait follement aimé et qui s'était avéré être un monstre !

Et Bobby qui avait finalement compris pourquoi, à cause de cet homme, il avait du vivre toute sa jeunesse privé de sa mère se mit instantanément et spontanément à haïr ce Fiodor Lemarchand dont il entendait ce jour là parler pour la première fois.

Elle avait, pendant deux longues heures, brossé dans ses moindres détails, le portrait peu flatteur de « l'Homme » dont elle avait fait jurer à Bobby qu'il la venge après sa mort. Elle avait, ce qui avait souvent mis

Bobby mal à l'aise, raconté presque jour par jour les hauts et les bas de son aventure et avait fini par persuader son fils que seule une punition exemplaire pourrait, au delà de la mort, la soulager quelque peu. Car, si Gabriella Bellozi était en train d'agoniser en ce moment, dans une sinistre chambre d'hôpital de l'Université de Chicago, c'était, elle le ressentait de tout son être, à cause de « Lui » et de la manière dont il l'avait finalement traitée et surtout trahie !

Bobby, comme l'avait demandé sa mère, ne l'avait pas interrompue, mais maintenant, il était bouleversé, quand sa mère aura disparue, il n'aurait plus aucune famille, il était fils unique et son père, dont sa mère lui avait tant parlé depuis tout à l'heure et qu'il haïssait désormais de tout son être, ne soupçonnait même pas son existence !

Dans ses tous derniers jours d'agonie, Gabriella Bellozi dévoila à Bobby son plan.

Bobby, atterré par ce que sa mère lui avait raconté sur cet homme, avait fait alors le geste qu'il avait rêvé de faire depuis tout enfant : il avait serré sa mère très fort contre son cœur et, en sanglotant, lui avait juré sans aucune difficulté de le mener à bien...

VENDREDI 15 JUILLET 2011, 19H

SOUVIGNY EN SOLOGNE

Jules Bedu le fidèle garde chasse des Lemarchand à Souvigny était circonspect. Il ne savait pas très bien quoi faire. Il avait remarqué tôt hier matin en faisant sa ronde que la Ferrari d'Adrien était garée dans la cour arrière du relai de chasse. Jules s'était dit tout naturellement que le fils du « Patron » avait du passer la nuit dans la maison avec une de ses nombreuses conquêtes, ce n'était pas la première fois que ça arrivait et ce ne serait certainement pas la dernière. Mais ce qui intriguait maintenant Jules tenait au fait que non seulement la voiture n'avait pas bougé mais également que personne n'était apparemment ni entré ni sorti de la maison depuis hier. La maison de Jules était in-visible depuis le relai, mais Jules, grâce à un ingénieux sys-tème optique qu'il avait lui-même bricolé, pouvait à partir de son grenier, observer ce qui se passait devant chez les Lemarchand. Jules avait construit ce petit instrument, non pas poussé par une curiosité malsaine, mais parce qu'il pouvait ainsi observer toutes les célébrités politiques et même parfois des vedettes du spectacle, qui défilaient chez les Lemarchand pendant les périodes de chasse. Il les apercevait bien pendant les battues, mais souvent de trop loin, et puis, son souci premier dans ces moments était prioritairement, aidé par ses coéquipiers, de bien rabattre le gibier pour que les invités de Monsieur soient contents.

Donc, ce soir comme hier, la maison semblait inoccupée et pourtant la Ferrari était toujours garée dans la cour.

Jules avait bien eu l'idée hier d'aller taper à la porte, mais il avait eu trop peur de se le faire reprocher par Adrien qui peut-être, justement, souhaitait rester seul et surtout sans témoins avec sa compagne. Il avait également, pas plus tard que ce matin, demandé conseil à son épouse, Catherine, mais celle-ci lui avait déconseillé de faire quoi que ce soit, les risques d'impairs étaient trop grands !

Mais ce soir, la circonspection avait laissé place à l'inquiétude. Peut-être s'était-il passé quelque chose ? Et si l'on s'apercevait après coup qu'il n'avait pas eu, lui, Jules Bedu, le fidèle garde chasse, la bonne réaction, celle de donner l'alerte, peut-être sa situation serait-elle alors en jeu ?

Finalement, n'y tenant plus, il prit son téléphone et composa le numéro privé de Fiodor Lemarchand.

VENDREDI 15 JUILLET 2011, 19H15

PARIS

Lorsque Le capricieux eût raccroché d'avec Jules Bedu, son sang ne fît qu'un tour ; il appela tout de suite Bastien qui était dans la pièce à côté de son bureau, lui relata la teneur de la conversation qu'il venait d'avoir avec son garde chasse et lui ordonna en proie à une excitation que Bastien ne lui avait encore jamais vue :

— Trouve moi une voiture de livraison de la société, je veux que nous nous rendions à Souvigny ce soir même et sans que la police ne le sache. Comme je suis certain qu'un flic est en permanence à la porte en train de guetter toutes nos allées et venues, en voyant sortir cette voiture banalisée, je pense qu'ils n'iront pas imaginer que Fiodor Lemarchand emprunte les véhicules de service de sa société.

Le capricieux enchaina :

— Je veux, avec ton aide, traiter cette affaire personnellement et je veux la traiter à ma manière, prends ton arme et également ton port d'arme dans le cas, improbable, d'un contrôle.

Bastien opina du chef sans un mot de telle manière que Le capricieux comprit qu'il avait tout à fait bien enregistré.

— Ce n'est pas tout, continua Le capricieux, je veux que tu nous réserve deux chambres dans le petit hôtel du village. Nous y coucherons et débarquerons ensuite demain matin première heure au relai.

Et j'espère bien que nous allons surprendre et châtier celui qui essaye de s'en prendre aussi odieusement à la famille Lemarchand !

VENDREDI 15 JUILLET 2011, 22H

PARIS

Pringent avait averti immédiatement le Préfet Fresson du résultat de la perquisition et des soupçons qui désormais pesaient sur Bobby Napolitano. Pringent avait du même coup informé le préfet qu'il avait dès son retour de Jussieu lancé un avis de recherche sur la personne du jeune américain et prévenu pour la forme le juge d'instruction de son initiative.

De retour chez lui, il reçût un coup de fil de Phil Carter qui apporta enfin une vraie cohérence à l'affaire qui occupait son esprit depuis maintenant dix jours.

— Jacques, j'ai du sensationnel, attaqua d'emblée Phil, figure-toi qu'en creusant un peu et en interrogeant les personnes adéquates, nous nous sommes aperçus que la date de naissance de Bobby Napolitano avait été falsifiée. Adrien Napolitano avait soudoyé un officier d'état civil pour changer la date. Le petit est en fait né le 12 janvier 1991, soit neuf mois après la date officielle de sa naissance.

Jacques était resté silencieux mais il buvait du petit lait, il était certain que quelque chose clochait dans cette histoire et ce changement d'acte de naissance était d'évidence un élément capital de son enquête. Avant même qu'il ait pu réagir, Phil enchaina :

— Ce n'est pas tout Jacques, je t'ai gardé le meilleur pour la fin : La mère du garçon n'est autre que Gabriella Bellozi, elle et son compagnon ont réussi à faire attribuer l'enfant à une femme qui venait d'accoucher sous X. Puis, Angelo Napolitano l'a reconnu et Gabriella Bellozi a décrété être sa marraine et toute la famille a vécu dans cette supercherie jusqu'à aujourd'hui. De tous les témoignages que nous avons recueillis, jamais l'enfant n'a su qui était sa vraie mère. Par contre, nous sommes totalement dans le brouillard sur le pourquoi de cette substitution de filiation.

— Phil, tu m'as rendu un énorme service, je te promets de te tenir au courant de la suite de l'enquête car désormais j'ai ma petite idée. Il faut que je raccroche car je dois tout de suite vérifier quelque chose et si ce que je pressens s'avère exact, je crois que nous aurons dans les mains tous les fils de cette affaire.

Après avoir raccroché, Jacques se précipita sur les coupures de journaux concernant Lemarchand et qu'il avait compulsés pendant des heures. Il s'aperçut alors d'une concordance de date qui lui parut tout à coup évidente : Gabriella Bellozi avait disparu des radars de la presse le lendemain de la soirée à l'Opéra Garnier du 16 juillet 1990 où elle avait été photographiée au bras de Fiodor Lemarchand, puis elle était partie aux States pour ne plus revenir le 19 juillet 1990 et Jacques, ayant appris depuis quelques jours par des indiscrétions que jusqu'à son si soudain départ, elle était, de notoriété publique la maîtresse passionnée et exclusive de Fiodor Lemarchand, une conclusion semblait s'imposer dans l'esprit de Pringent :

Bobby Napolitano avait toutes les chances d'être le fils de Fiodor Lemarchand !

Jacques y voyait donc d'évidence les rouages d'une possible vengeance.

Mais pourquoi les fœtus ?

Lorsqu'il débarquerait chez Fiodor Lemarchand demain matin première heure, et qu'il lui aurait restitué toutes les informations qu'il avait collectées ces deux derniers jours, il espérait bien que celui-ci se trouverait soulagé de connaitre le nom et la probable motivation de celui qui séquestrait son fils. Et Jacques était sur qu'à eux deux, ils arriveraient, à résoudre cette affaire au mieux.

Mais pour arriver à ce résultat heureux, il faudrait impérativement qu'ils collaborent !

SAMEDI 16 JUILLET 2011, 8H

SOUVIGNY EN SOLOGNE

Adrien était épuisé, toujours attaché et allongé sur le canapé du salon où l'Homme l'avait, comme lors des trois autres nuits, installé pour dormir, il se triturait les méninges pour essayer de comprendre l'attitude étrange de son ravisseur.

Le jour était déjà levé depuis longtemps lorsque l'Homme, après l'avoir, toujours sans un mot, mis en position assise, plaça un siège en face de lui, enleva sa cagoule et se mit soudain à parler :

— Salut grand frère, pas trop mal dormi ? lui glissa-t-il de sa voix si particulière.

— Qu'est-ce qui vous autorise à employer un terme aussi familier et d'abord, que me voulez -vous, cela fait trois jours que je suis ici sans aucune explication de votre part ? lança Adrien excédé.

— Je t'avais promis que le 16 juillet tu saurais, eh bien, tu vas savoir et même tu vas savoir en avant première sur notre père !

— Que dis-tu répondit Adrien incrédule, je ne comprends pas.

— Eh oui, Adrien, je suis ton frère, mais un frère caché, refoulé, rejeté, interdit d'existence et dont la mère, celle-là même qui pendant deux ans à partagé la vie de notre père et a cru en sa parole, est morte de chagrin il y a deux ans. Je suis ici pour réclamer mon dû et comme j'ai appris à connaître les réactions de notre père, tu es ici pour remplir la fonction de monnaie d'échange.

— Qu'est-ce que c'est que toute cette histoire ? Répliqua Adrien désormais très attentif.

— Le premier soir de ton enlèvement, après t'avoir endormi, j'ai pratiqué sur toi un test salivaire ADN que j'ai pu confronter avec le mien et celui de ma mère dont j'avais retiré un cheveu avant qu'elle ne meure, et, à l'aide du petit kit que l'on trouve désormais dans les boutiques médicales spécialisées, j'ai obtenu la confirmation que je souhaitais, le test est positif : je suis ton frère et Fiodor Lemarchand est mon père et j'ai voulu que cette nouvelle vous soit apportée un 16 juillet, une date marquée au fer rouge dans le souvenir de ma mère, car date heureuse de sa rencontre avec notre père, mais date également de son infamant exil.

— Où veux-tu en venir, questionna Adrien pour qui désormais tout allait trop vite ?

— Je veux, en tant que fils dont je ne doute pas un seul instant que la filiation Lemarchand ne soit officialisée, obtenir les mêmes droits que toi, c'est à dire pour être encore plus clair, la moitié de ce que tu pensais devoir te revenir à 100 % à la mort de notre père. Tu croyais être seul, eh bien maintenant nous sommes deux ! Désormais, la nouvelle règle devient 50/50 !

— S'il te plait, donne-moi des détails car vraiment tout ceci me dépasse, supplia presque Adrien.

Et Bobby lui raconta avec émotion tout ce que sa mère lui avait livré avant de mourir depuis sa jeunesse à Naples, sa rencontre avec Le capricieux à Moscou, ses deux années de bonheur, jusqu'à la découverte heureuse de sa grossesse, l'horrible chantage qui s'en était suivi et pour finir les menaces, la peur, son exil à Chicago, son accouchement secret, le subterfuge pour lui trouver un père de substitution, les années pensionnaires, seuls loin des siens et sa rage lorsque sa mère au moment de mourir lui avait tout avoué.

Alors, oui, Bobby Napolitano-Lemarchand réclamait pour lui et pour sa mère une juste réparation et il se réjouissait d'avance de la tête qu'allait faire son père, lorsque tout à l'heure, il apprendrait la nouvelle de son existence !

À ce moment de son plaidoyer, les deux jeunes gens entendirent un grand fracas venant de la porte qui donnait dans le salon. Celle-ci venait d'être brutalement ouverte probablement à l'aide d'un pied de biche et ils virent alors tous deux apparaître à travers la poussière qui avait pénétrée dans l'embrasure, l'immense silhouette de Bastien poussant la voiture de Fiodor Lemarchand, leur père à tous deux !

— Il me semble que j'arrive encore à temps. Qui es-tu et que veux-tu ? déclara Le capricieux en s'adressant à Bobby.

— *Je suis ton fils, le fils de Gabriella Bellozi que tu as d'abord aimé puis ensuite par lâcheté, terrorisée pendant vingt ans. Je suis celui qui doit te rappeler que la date du 16 juillet ne saurait être une date comme les autres. Je suis celui qui réclame justice. Je suis ton héritier à cinquante pour cent. Voilà qui je suis et voilà ce que je veux !*

SAMEDI 16 JUILLET 2011, 6H30

PARIS

Jacques Pringent était fou furieux. Il avait débarqué à six heures trente précises chez les Lemarchand pour s'entendre dire par un Désiré tout juste réveillé, que Monsieur était parti hier soir avec Bastien sans donner aucun détail à quiconque. Madame Lemarchand qui depuis l'enlèvement d'Adrien était folle d'inquiétude et n'obtenait aucune aide de son mari était, elle, partie se réfugier chez une amie qui habitait boulevard de Courcelles à trois cents mètres de l'hôtel. Elle avait laissé comme instruction qu'on la prévienne dès qu'il y aurait du nouveau.

Jacques s'était tout de suite précipité vers la voiture de police banalisée qui planquait devant chez les Lemarchand pour passer un savon à celui qui était chargé de la surveillance, mais celui-ci confirma qu'il avait bien vu passer vers vingt trois heures une voiture de livraison de Seize718 et qu'il l'avait vu repartir un quart d'heure plus tard, mais que ça ne l'avait pas alerté. Pringent n'insista pas et ne chercha pas à humilier son officier en lui demandant s'il ne trouvait pas bizarre qu'une voiture de livraison de la société Seize718 arrive chez leur patron à vingt trois heures et en reparte aussitôt. Pour livrer quoi au juste ?

Heureusement, Pringent se félicita d'avoir pris l'initiative de discrètement faire géo localiser le portable de Fiodor Lemarchand. Il sût donc dans les trois minutes que celui-ci était à Souvigny en Sologne.

Pourquoi ce village ?

Le précieux Désiré vint alors au secours de Pringent et lorsque celui-ci comprit que Fiodor Lemarchand avait décidé de faire cavalier seul, un frisson d'angoisse lui parcourût l'échine.

Il fonça avec les trois hommes de son équipe qui l'avaient accompagné ce matin vers l'héliport de Paris à Issy-les-Moulineaux où il réquisitionna immédiatement un engin, direction la Sologne.

Pendant le vol, Jacques croisait les doigts : Pourvu qu'il arrive à temps !

SAMEDI 16 JUILLET 2011, 8H01

SOUVIGNY EN SOLOGNE

Bastien avait pénétré le premier dans la pièce. Il s'était tout de suite aperçu au moment de leur irruption surprise que l'Homme qui était en train de parler avec un Adrien attaché sur une chaise, n'était pas armé. Lorsque celui-ci avait sorti son impudente réplique destinée à celui qu'il considérait comme un humain largement au dessus des autres, son sang n'avait fait qu'un tour : il avait sorti son arme, menacé l'Homme et tout en continuant de le mettre en joue avait entrepris de détacher Adrien qui s'était alors précipité vers son père pour l'étreindre. Bastien, le pistolet toujours dirigé vers l'Homme, avait alors interrogé du regard, Le Capricieux pour connaître sa décision.

Pendant ce minuscule laps de temps, Le capricieux après la sortie de Bobby et avoir embrassé Adrien, avait réfléchi à la vitesse de l'éclair, il n'avait malheureusement plus aucun doute : Gabriella l'avait, il y a vingt ans, berné et pour le coup, il se sentait trahi au delà de tout ce qu'il aurait jamais pu imaginer. Lui, Fiodor Lemarchand, obligé de négocier avec ce fils imposé, dont il n'avait malgré toutes les précautions prises, jamais imaginé un seul instant l'existence, la moitié de la fortune qu'il avait patiemment et laborieusement amassée afin de la laisser le moment venu à son fils unique et chéri ? Jamais il ne supporterait de devoir faire partager l'héritage Adrien avec celui qu'il considérait être un bâtard, laid et vulgaire de surcroît.

Sa réponse fut immédiate et dans la seconde où Bastien l'interrogeait du regard, Le capricieux lui lança :

— Tue le !

Avant même que Bobby n'ait réagi, en un éclair, Adrien s'était précipité pour faire un rempart de son corps et s'interposer entre lui et le pistolet de Bastien, en s'écriant :

— Non Père, il..

Mais le coup de feu avait résonné dans le même court instant où Adrien s'était placé devant Bobby et c'est lui qui reçut le coup mortel.

Il s'effondra sans un cri et l'air de la pièce fut instantanément rempli de trois hurlements stridents :

De stupeur pour Bobby.

D'horreur pour Bastien.

De douleur pour Le Capricieux.

SAMEDI 16 JUILLET 2011, 8H04

SOUVIGNY EN SOLOGNE

L'hélicoptère avait atterri depuis une minute dans le champ qui jouxtait le relai de chasse lorsque Jacques Pringent entendit le coup de feu. Il sut alors instinctivement qu'il était arrivé trop tard.

En quelques enjambées, il fut avec ses coéquipiers sur les lieux du drame et le spectacle qui s'offrit à leurs yeux était affligeant : Un homme gisait à terre dans une mare de sang, mort sans aucun doute, la balle ayant visiblement été tirée en plein cœur. Fiodor Lemarchand, hors de son fauteuil, couché de tout son long sur l'homme, que Pringent identifia alors comme son fils Adrien, balbutiait en lui tenant la tête dans ses mains, des mots incompréhensibles. Bastien Guivarch assis par terre comme pétrifié, le visage tordu de douleur, son arme posée à ses côtés et un troisième personnage qui devait être fatalement Bobby Napolitano-Lemarchand qui lui était dans un état de totale hébétude répétant sans cesse :

— *Je ne voulais pas ça, elle ne voulait pas ça, je ne voulais pas ça...*

SAMEDI 16 JUILLET 2011, 21H

PARIS

Le Capricieux était rentré chez lui depuis la fin de la matinée. Bastien avait été présenté dans l'après midi à un juge d'instruction qui l'avait tout de suite mis en examen pour meurtre et incarcéré aussitôt et Bobby Napolitano-Lemarchand avait été lui, placé en garde à vue pour interrogatoire.

Micheline, l'épouse du capricieux, dans un état de désespoir total était partie à la morgue pour voir une dernière fois son fils. Avant de partir, rendant en grande partie son mari responsable du drame qui la détruisait, elle lui avait annoncé qu'elle ne pouvait plus désormais supporter sa vue et qu'elle avait décidé, avant d'entamer une procédure de divorce, de rester quelques semaines chez des amis.

Le capricieux passa toute l'après midi dans son salon sans voir personne, il refusa de prendre un seul coup de téléphone dont les locuteurs, la nouvelle s'étant déjà répandue partout, se précipitaient pour présenter leurs condoléances. Vers huit heures, il s'isola dans son bureau, prit une feuille de papier et se mit à remplir la page de son écriture. Après s'être relu, il prit une deuxième feuille de papier et transcrivit très exactement les termes inscrits sur la première feuille. Il les cacheta toutes les deux et appela Désiré à qui il confia une des deux lettres en lui demandant de la faire porter, il répéta le mot porter, immédiatement chez son notaire Maître Bascoulergue.

Puis, à neuf heures, il rappela Désiré en lui faisant savoir qu'il voulait prendre un bain dans sa piscine. Désiré qui était au service du Capricieux depuis des années et des années connaissait parfaitement les us et coutumes de son patron et avait tant de fois assisté Bastien au cours des préparatifs de la religieuse plongée quotidienne, que la manipulation de la nacelle n'avait pas de secret pour lui. Après avoir fait appel à un jeune valet de chambre dont l'imposante carrure avait permis le transport de son malheureux patron jusqu'au fauteuil qui surplombait la piscine, Désiré actionna la manette et plongea progressivement Le capricieux dans l'eau jusqu'à ce qu'elle atteigne son menton. Au bout de quelques minutes, celui-ci demanda à Désiré d'aller à l'office lui chercher un verre d'eau.

Une fois seul, Le capricieux prit une grande inspiration, plongea ses mains dans l'eau et entreprit de défaire doucement la ceinture qui le tenait attaché à son fauteuil. Puis, s'aidant de ses bras en traction sur les deux accoudoirs, il imprima une forte impulsion à son tronc entrainant tout son corps qui glissa alors en entier dans le bassin.

Au moment où l'eau commençait à envahir ses poumons, Le Capricieux eût une dernière vision : Il était à Moscou, sur la Place rouge, il était valide, il courrait à toutes jambes poursuivant une femme qu'il désirait et qu'il savait inconsciemment être Gabriella. Au moment de la rattraper, celle-ci se retourna et Le capricieux qui se retrouva alors à nouveau assis sur son fauteuil roulant ne put réprimer un cri d'horreur : le visage de cette femme avait été remplacé par une immonde tête de fœtus qui le fixait en ricanant.

Puis tout devint noir !

DIMANCHE 24 JUILLET 2011, 18H

PARIS

Jacques Pringent avait tout de suite compris que sa promotion comme commissaire divisionnaire était pour le moins compromise. Le préfet de police Bernard Fresson avait été relevé de son poste et dans l'attente de sa prise de fonction à Monrovia en tant qu'ambassadeur de France au Libéria, ce qui n'était pas franchement une promotion, avait été mis en disponibilité.

Quant à Pringent, il s'était fait une raison ; il avait fait de son mieux, mais quelquefois les faits et les circonstances dictent leur propre tempo et ce tempo imprévu, ressenti comme le fruit du hasard par celui qui le subit est en général supérieur à toute réflexion, déduction ou analyse rationnelle. Les évènements se sont imposés à vous, ça c'est passé comme ça et pas autrement, voilà tout !

Jacques était donc passé à autre chose. une autre enquête avait d'ailleurs débuté hier : on avait repêché dans la Seine le cadavre abominablement torturé d'une ancienne participante de la célèbre émission de téléréalité « Le risque est notre affaire ».

Mais ce dimanche, il avait enfin décidé de continuer le tête à tête qu'il avait entamé avec Pétronille le 14 juillet dernier et qu'il avait à son initiative brutalement interrompu.

Pétronille était en ce moment pendue langoureusement à son bras et tous deux étaient en train d'arpenter comme des étudiants les allées ensoleillées du Luco. Jacques avait appris avec enthousiasme deux jours plus tôt que le prochain rôle qu'il aurait à interpréter serait celui de Cyrano de Bergerac et il s'entendait déjà inspirer de sa voix de violoncelle à Christian de Neuvillette dans la célèbre scène du balcon en direction de Roxane-Pétronille une variante de sa composition à la manière de Dranem reprise dans les années soixante dix par « Les Charlots » :

> *« Pétronille tu sens la menthe,*
> *Tu sens la pastille de menthe*
> *Tu sens la menthe pastillée*
> *Entortillée dans du papier »*

SAMEDI 16 JUILLET 2022, 10H

CHICAGO

Bobby venait d'atterrir. Il avait passé une partie de la nuit à bord du jet que Gaëtan d'Hardricourt, le Président de Seize718 depuis maintenant dix ans, mettait à sa disposition quand le besoin s'en faisait sentir.

Immédiatement après l'annonce de la mort de Fiodor et d'Adrien Lemarchand, le cours de bourse de Seize718 s'était effondré de plus de quarante pour cent. Les grands prédateurs du monde du luxe s'étaient bien entendu aussitôt précipités pour rafler le maximum de titres à la baisse, mais ce ne fût pas suffisant pour que la société change de main. Le jour de sa mort, Fiodor Lemarchand avait fait porter à son notaire un testament olographe qui annulait tous ses précédents écrits et qui, une fois rendu public, créa un mouvement général de stupeur dans le monde très feutré de la haute Couture.

« Je soussigné, Fiodor Lemarchand, né le 12 avril 1955 à Paris 8ème, en totale possession de mes moyens intellectuels, déclare reconnaitre comme mon fils légitime, Monsieur Bobby Napolitano, désormais Bobby Napolitano-Lemarchand né le 12 janvier 1991 à Chicago.

Suite à la tragique disparition de mon premier fils Adrien Lemarchand, je désigne Monsieur Bobby Napolitano-Lemarchand comme le seul et unique héritier de mes bien meubles et immeubles lorsque je viendrai à disparaitre.

Fait à paris, le 16 juillet 2011

Signé : Fiodor Lemarchand »

En fonction de ce testament, une majorité des actions restait donc dans les mains de Bobby Lemarchand.

Après une année de prison préventive, le procès très médiatisé de Bobby qui avait été mis en examen et inculpé d'enlèvement et de chantage avait été relayé par les radios et TV du monde entier. Celui-ci, qui avait bien entendu pris connaissance du testament de son père, avait, par l'entremise de ses avocats, pris tout de suite un certain nombre de décisions touchant à la société : tout d'abord il déclara ne pas vouloir prendre de rôle opérationnel dans Seize718, annonçant qu'il se bornerait à présider le Conseil de Surveillance, puis, après avoir consulté, toujours par avocat interposé, Micheline Lemarchand avec laquelle il ne voulait en aucun cas entrer en conflit ainsi que diverses personnalités du monde de la mode et de la finance, il proposa comme président de Seize718, Monsieur Gaëtan d'Hardricourt qui était jusque là Directeur Général Europe.

La seule condition que Bobby avait mise à cette nomination lorsqu'il avait rencontré Gaëtan d'Hardricourt au parloir de la prison, et c'était à prendre ou à laisser, consistait à ce que l'entreprise licencie immédiatement Duccio Carpi, et ce, quelle que soit le montant de l'indemnité que

Seize718 serait amenée à régler à cet individu que Bobby ne voulait en aucun cas retrouver sur son chemin. Duccio était de toute façon, depuis la mort du Capricieux enfermé dans une chambre de l'hôpital américain en proie à une sévère dépression et ne voulait ni ne pouvait voir ou parler à personne. La séparation se fit rapidement et sans bruit, le montant de la transaction ayant été suffisamment conséquent pour interdire tout commentaire de la part de l'ancien Dieu de la mode.

Sa succession fût en fait très aisée, un jeune et talentueux créateur Serbe qui venait de créer avec succès sa propre maison et qui était depuis deux ans sous les projecteurs des aficionados de la couture, accepta de prendre la relève et le sang neuf qu'il injecta immédiatement dans les collections attirèrent instantanément une nouvelle clientèle plus jeune, plus branchée et surtout plus « connectée ».

Bobby, avait quand à lui, décidé, comme il se l'était promis lorsqu'il avait vu son père et sa mère mourir d'un cancer, de tenter de trouver enfin un remède à cette maladie qui tuait encore des millions de gens célèbres ou anonymes tous les ans dans le monde.

À sa sortie de prison, au bout de quatre ans, il avait décoché avec succès son diplôme en biologie médicale et avait fait voter par l'Assemblée de Seize718 la création d'une fondation dont il avait pris la présidence et dont le but était de chercher et si possible de trouver la ou les molécules qui viendraient à bout de ce fléau qu'est le cancer. Il s'était entouré des meilleurs biologistes, médecins et chimistes et, déjà, au bout de six années de réelles avancées avaient eues lieu déjà saluées par le monde médical.

Aujourd'hui, comme tous les 16 juillet depuis qu'il était sorti de prison, Bobby disposa un énorme bouquet de fleurs dans le vase en albâtre qu'il avait fait acheter et qui trônait devant la tombe de celle qu'il aurait tant aimé chérir quand il était enfant, puis il fit un pas en arrière afin de se recueillir quelques instants.

Tout en fixant la stèle où était gravé le nom de sa mère sur cette petite tombe perdue au beau milieu de ce cimetière de Mount Olivet, il ne put s'empêcher de se re-mémorer à nouveau ce triste jour d'hiver, il y a de cela douze ans, où il avait arpenté pour la première fois ses al-lées enneigées.

VENDREDI 16 JANVIER 2009, 11:00 a.m.

CHICAGO

Bobby n'avait pas dormi un seul instant depuis deux jours. Il était nerveux ! Très nerveux même ! Il avait tout juste eu le temps, ce matin là, à peine sorti de la salle d'attente de l'hôpital où il s'était reposé quelques minutes, de se précipiter aux toilettes pour effectuer ses besoins naturels et se passer un peu d'eau sur le visage. Se raser, il n'en avait pas été question, se changer encore moins ! Sorti dans le couloir, il avait promptement enfilé sa grosse doudoune, relevé sa capuche, mis ses gants et s'était d'un pas rapide dirigé vers la sortie. Débouchant dans la cour d'arrivée, il s'était engouffré dans le premier taxi en stationnement qui s'était présenté et avait, alors qu'il n'était pas encore assis, indiqué la destination au chauffeur.

Toutes les allées du cimetière de Mount Olivet étaient recouvertes d'un épais manteau blanc. Quelques empreintes de pas qui imprimaient sur le sol une trace noircie et déjà délayée par la neige fondue venaient par endroits en détruire l'harmonie. Entre les tombes et en dépit du gel, de rares roses de Noël violettes et blanches qui alternaient avec les petites pyramides de terre que dessinaient les taupinières et qui pouvaient s'apparenter, en clignant un peu des yeux, à une mosaïque blanche et noire, s'étaient risquées à dérouler leurs éphémères corolles et venaient mêler leurs arômes aux relents salés de la brume en provenance du lac Michigan..

Le temps en ce mois de janvier avait été particulièrement affreux et durant les longues heures pendant lesquelles Bobby était resté hier à l'hôpital au chevet de sa mère, il avait neigé sans discontinuer. Bien que le thermomètre avait oscillé ces derniers jours entre quarante et quatorze degrés fahrenheit, exceptionnellement, ce matin, malgré le froid très vif qui obligeait à se protéger tête et oreilles, le soleil semblait s'être montré assez généreux, suffisamment en tous cas pour réchauffer un peu celui qui, dans un silence glacé, restait là, figé, presque statufié, engoncé dans sa canadienne, à observer de loin, comme elle le lui avait demandé juste avant de rendre son dernier soupir, le cercueil de cette femme quasi inconnue de lui jusqu'à il y a deux jours et que l'on venait ce matin de mettre en terre.

— Putain de froid ! murmura-t-il sans desserrer les dents en s'adressant à lui même.

Les quelques rares individus qui avaient accompagné le convoi, tous inconnus de lui, avaient, comme il se doit, défilé silencieusement devant la tombe encore ouverte et incliné légèrement le buste au moment précis où ils passaient devant le grand trou où l'on avait disposé le cercueil puis s'étaient ensuite dirigées, engoncées dans leurs cabans, pardessus ou pelisses, vers les seuls amis de la défunte présents ce jour là, le personnel du restaurant qu'elle avait ouvert dans Little Italy il y a de cela une dizaine d'années et qui se tenaient tous rangés dans un alignement impeccable au bord de la fosse. Ils leur avaient cérémonieusement serré la main en affichant la mine affligée de circonstance ; certains même, bien qu'ils ne se souvenaient pas vraiment les avoir jamais rencontrés auparavant, leur avaient étonnamment glissé quelques mots d'encouragements à l'oreille, puis ils avaient tourné les talons comme des automates et étaient repartis, comme s'ils s'étaient tous donnés le mot, presque en courant, rejoindre leurs véhicules tout en se réjouissant intérieurement du sursis que la vie leur accordait. Allons, ce n'était pas encore leur tour ! Et, dans un bel ensemble, un imperceptible sourire aux lèvres, ils avaient dirigé leurs voitures vers W111th St, puis, à la queue leu leu, le convoi s'était engagé dans Western Avenue qui allait les mener tout droit vers la ville et surtout vers la vie...

Une heure durant, Bobby s'était contenté d'observer toute la scène depuis un petit promontoire situé légèrement à l'écart. Lorsqu'il fût certain que les ouvriers avaient entièrement terminé leur besogne et vérifié que toute l'assistance s'était dispersée, il s'était alors approché de la tombe, s'était agenouillée sur le sol gelé, avait baissé sa capuche et commencé à marmonner ce qu'il se souvenait être un début de prière.

FIN